Hedwig Dohm

Werde, die Du bist.

Selbstbestimmung, Geschlecht, Identität und Feminismus – eine Novelle

AF513948

SEVERUS Verlag

Dohm, Hedwig: Werde, die Du bist. Selbstbestimmung, Geschlecht, Identität und Feminismus – eine Novelle. 2018
Neuauflage der Ausgabe von 1894
ISBN: 978-3-96345-074-7

Umschlaggestaltung: Annelie Lamers, SEVERUS Verlag
Umschlagmotiv: www.pixabay.com

Bibliografische Information der Deutschen Nationalbibliothek: Die Deutsche Nationalbibliothek verzeichnet diese Publikation in der Deutschen Nationalbibliografie; detaillierte bibliografische Daten sind im Internet über https://dnb.de abrufbar.

Der SEVERUS Verlag ist ein Imprint der Bedey & Thoms Media GmbH, Hermannstal 119k, 22119 Hamburg

---

SEVERUS Verlag, 2018
http://www.severus-verlag.de
Gedruckt in Deutschland
Der SEVERUS Verlag übernimmt keine juristische Verantwortung oder irgendeine Haftung für evtl. fehlerhafte Angaben und deren Folgen.

Hedwig Dohm

Werde, die Du bist

Selbstbestimmung, Geschlecht, Identität und Feminismus – eine Novelle

SEVERUS

In der Irrenanstalt des Doktor Behrend, in der Nähe Berlins, machte eine alte Frau – sie mochte nah an sechzig sein – Aufsehen. Sie hatte feine, interessante Gesichtszüge, starkes graues Haar und große grünlich graue Augen. Niemals starrten diese Augen in's Leere. Entweder schienen sie, erloschen für Außenwelt, innerlich etwas zu schauen, oder sie waren emporgerichtet, bald mit dem Ausdruck eines leidenschaftlichen, irrenden Suchens, bald mit Entzücken sich an einen Gegenstand festsaugend. Die Augen einer Seherin. Diese wundersamen Augen geben dem Kopf den Charakter einer jüngeren Frau.

Sie verhielt sich meist schweigsam. Zuweilen aber fing sie an zu reden, dann war es, als hielte sie Zwiesprache mit übernatürlichen Wesen. Unermessliche Melancholie oder dithyrambische Verzückung atmeten ihre Worte. Sie sprach tiefsinnige und erhabene Gedanken aus, in einer Form, die an Nietzsches Zarathustra erinnerte.

Man hätte glauben sollen, dass diese alte Frau eine große Dichterin gewesen und dass ein Übermaß geistiger Erregung die Gehirnstörung bewirkt habe. Das Gegenteil war der Fall.

Der Nervenarzt, der sich für diese merkwürdige Form von Irrsinn interessierte, zog Erkundigungen über ihr Vorleben ein. Was er erfuhr, setzte ihn in das höchste Erstaunen und war in keiner Weise angetan, das Rätsel ihres Wesens zu lösen.

Alle, die die Gattin des Geheimen Kanzleirats Schmidt gekannt, stimmten darin überein, dass sie eine gute, brave, etwas beschränkte und philiströse Hausfrau gewesen, unwissend und völlig im Familienleben aufgehend. Sie hatte zwei Töchter, die längst verheiratet waren. Ihr Verhältnis zu den Kindern war jederzeit ein überaus herzliches gewesen. In den letzten acht Jahren hatte sie in aufopfernder Weise ihren gelähmten Mann gepflegt. Nach seinem Tode mochte sie sich etwas vereinsamt gefühlt haben. Sie war zum Besuch bei ihren verheirateten Töchtern gewesen. Keiner der Anverwandten hatte die geringste Exzentrizität an ihr bemerkt, nur war sie ihnen etwas schweigsamer und in sich gekehrter als sonst vorgekommen, was in der Trauer um den Gatten und in ihrer Vereinsamung eine ausreichende Erklärung fand.

Dann hatte sie allerdings, ziemlich plötzlich, und von ihren Töchtern gemissbilligt, ganz allein größere Reisen unternommen, trotz ihrer beschränkten Mittel. Bald nach ihrer Rückkehr war der Irrsinn zum Ausbruch gekommen.

Die Kranke nahm wenig Nahrung zu sich, sie magerte zusehends ab, so dass schließlich die großen flimmernden Augen in dem bleichen Gesicht unheimlich wirkten. Es war, als wenn die Seele allmählich den Leib verzehrte, verzehren wollte.

Eigentümlich war, dass diese alte Frau mit einer gewissen Zärtlichkeit an dem Kostüm hing, das sie trug, als man sie in die Anstalt brachte: Ein schwarz wollenes Kleid, das den Schnitt aus dem Zeitalter Marie Antoinettes hatte. Das volle graue Haar, an den Spitzen leicht gelockt, fiel ihr fast bis auf die Schulter. Im Laufe der zwei Jahre, die sie in der Anstalt zubrachte, war es weiß geworden. Alls man ihr das Haar aufstecken wollte, litt sie es nicht. Dasselbe geschah, als man ihr für das abgetragene Kleid ein neues, von anderem Schnitt reichte. Sie war nicht zu bewegen es anzuziehen. Man musste ihr ein Kostüm genau nach dem Schnitt des alten anfertigen lassen.

Man hatte beobachtet, dass sie allsonntäglich, wenn in der kleinen Kapelle die Orgel zu spielen begann, einen welken Myrtenkranz aus ihrer Kommode nahm; der Arzt vermutete, ihren Brautkranz. Sie schmückte sich mit dem Kranz und blieb, die Hände gegen die Brust gedrückt, die Augen mit einem gespannten Ausdruck auf die Tür gerichtet, mitten im Zimmer stehen, bis die Orgel verklang. Dann legte sie, den Kopf leise schüttelnd, den Kranz zurück; verhüllte ihr Gesicht mit einem schwarzen Schleier und nahm den ganzen Tag über keine Speise zu sich.

Einige Male war sie von ihren Töchtern besucht worden. Sei waren beim Anblick der Mutter ebenso verwundert wie betrübt gewesen. Sowohl im Ausdruck als in den Zügen fanden sie sie völlig verändert und vermochten kaum sich in eine kindliche Beziehung zu dieser fremdartigen Erscheinung hinein zu denken.

Die Kranke, als sie ihre Töchter sah, schien sich auf etwas zu besinnen. Allmählich geriet sie in eine Unruhe, die sich so steigerte, dass der Arzt den Besuch abkürzen musste. Als die Töchter ein zweites Mal kamen und sich dieselbe Erregung bei ihr kund gab, bat er die jungen Frauen, ihre Besuche für einige Zeit einzustellen, entließ sie aber mit der Hoffnung für die Wiederherstellung der Mutter.

Seit zwei Jahren nun beobachtete Doktor Behrend, im Interesse der psychologischen Wissenschaft, mit intensiver Spannung dieses seltene Beispiel eines gestörten Geistes, bei dem die Störung gewissermaßen ein neues Individuum geschaffen hatte. Sie fühlte das Interesse, das er an ihr nahm, und oft heftete sie ihre Augen minutenlang auf ihn, wie mit einer forschenden Frage, einem düster schmerzlichen Erstaunen.

Eines Tages kam ein junger, süddeutscher Arzt, ein Studiengenosse des Irrenarztes, in die Anstalt, um dieselbe zu besichtigen. Doktor Behrend erzählte ihm von seinem interessanten Fall und willfahrte gern dem Kollegen, als dieser den Wunsch aussprach, die Patientin zu sehen.

Gerade an dem Tage – es war ein Sonntag – vollendete die Kranke ihr sechzigstes Lebensjahr. Die Töchter hatten Blumen geschickt, das ganze Zimmer duftete davon.

Als die beiden Ärzte eintraten, war sie dabei, die Blumen über den Fußboden hinzustreuen. In das weiße Haar hatte sie den verdorrten Myrtenkranz gedrückt. Mit den spitzen bräunlichen Stielen und den welken Blättchen, zwischen denen nur hier und da noch ein paar tote vergilbte Blüten schwankten, glich er einer Dornenkrone. In der Hand hielt sie eine vertrocknete Passionsblume.

Und nun geschah etwas völlig Unerwartetes. Als die Greisin den fremden Arzt erblickte, überzog eine tiefe Röte ihr Gesicht. In ihre schattenhafte Erscheinung kam pulsierendes Leben, in ihre Augen flackerndes Licht.

„Johannes!“ und sie streckte dem Fremden beide Hände entgegen. Ihre Stimme klang weich und voll.

„Ich wusste, dass Du kommen würdest. Wenn ich Deine Myrte trage, sehe ich in die Ferne.“

Sie berührte mit der Hand den welken Kranz. „An jenem Tag, als Du mir die Myrte gabst, hast Du Dich mir verlobt. Komm! Komm! Die weiße Opferflamme brennt in der güldenen Schale, Du weißt, in der Höhle auf Capri. Wir dürfen ihn nicht warten lassen, den Silberhaarigen. Hörst Du das metallne Singen aus der Tiefe? Die Sirenen! Das blaue Meer, sie tragen's als Juwel an der Brust. Sie singen mit blutroten Lippen. Sie singen das Brautlied. Und ich küsse Deine Seele. „

Die letzten Worte hatte sie halbsingend gesprochen. Sie küsste die welke Blume in ihrer Hand, und langsam, ohne ihn anzusehen, schritt sie auf ihn zu.

Doktor Behrend, peinlich von der Szene berührt, und in der Besorgnis, dass etwas Ungehöriges geschehen könne, ergriff die Irre am Arm und sagte hart und laut, wie er sonst nie zu ihr sprach:

„Besinnen Sie sich, Frau Schmidt, vergessen Sie nicht, dass Sie eine alte Dame sind."

Die Kranke schauderte und sah erst ihn, dann den fremden Arzt an. Eine unheimliche Veränderung ging in ihrem Gesicht vor. Fluchtartig irrten die Augensterne in ihren Kreisen. Allmählich schienen die Züge zu erstarren. Wie ein brennendes Scheit, das plötzlich in sich zusammen sinkt und Asche wird, so brach ihr Körper zusammen. Sie wäre zu Boden gestürzt, wenn Doktor Behrend sie nicht in seinen Armen aufgefangen hätte. Eine tiefe Ohnmacht umfing sie.

Man brachte sie zu Bett. Als die Ohnmacht in Schlaf übergegangen war, kehrte Doktor Behrend zu seinem Kollegen zurück. Er versicherte ihm, dass die Kranke noch niemals einen ähnlichen Unfall gehabt. Von erotischem Wahnsinn habe sich bisher bei ihr keine Spur gezeigt. Er würde annehmen, dass sie den Kollegen mit ihrem verstorbenen Gatten identifiziert, aber dieser habe Eduard geheißen.

„Und ich heiße Johannes," entgegnete der Fremde in trüber Verstimmung.

„Höchst sonderbar! Und dass sie sich einbildete, Sie zu kennen."

„Sie kennt mich. Ich traf sie vor drei Jahren auf Capri. Mir fiel damals ihre eigentümliche Erscheinung auf. Sie trug dasselbe Kleid, oder ein ähnliches wie heut."

Ob er näher mit ihr bekannt geworden, forschte Doktor Behrend.

Durchaus nicht. Er erinnere sich nicht, mit ihr gesprochen zu haben. Obgleich sie im Hotel Pagano ihm gegenüber gesessen, habe sie sich nie in die Unterhaltung gemischt, doch sei es ihm vorgekommen, als ob sie aufmerksam auf Alles, was er getan und gesprochen, geachtet habe. Wenn er ihr aber auf Spaziergängen begegnet, so sei sie ihm ausgewichen.

Doktor Behrend hat ihn, Alles mitzuteilen, was er über sie in Erfahrung gebracht.

„Es ist nicht viel," antwortete der junge Arzt etwas zögernd.

„Sie hatte ein scheues Wesen, als ob sie um Entschuldigung bäte, dass sie überhaupt da sei. Merkwürdig war, wie verschieden sie aussehen konnte, bald wie eine Greisin, und dann wieder schien sie eine kaum Vierzigjährige.

Einmal traf ich sie unten am Meer, an der kleinen Marine. Sie hatte ihren jungen Tag. Sie bückte sich hinab zum Wasser und murmelte mit lächelnden Lippen vor sich hin. Da sah sie mich und wurde rot wie vorhin. Ich habe immer ein peinliches Gefühl, wenn ich eine alte Frau erröten sehe. Ich wollte sie ansprechen und bemerkte zu meinem Erstaunen, dass sie plötzlich ganz alt und hinfällig wurde. Fremd, fast böse, blickte sie und wandte sich mit einer zuckenden Bewegung der Arme ab. Sie wollte augenscheinlich nicht gestört werden, und so ging ich weiter.

Ein ander Mal bemerkte ich sie auf einem der Felsen, die aus dem Meer emporragen, nicht eben hoch. Sie stand hoch aufgerichtet, mit den Armen nach hinten das Felsstück umklammernd. Ihre Blicke schweiften über das Meer, mit dem Ausdruck, den Menschen haben, die mit der Welt fertig sind, und die auf dem Sprung stehen, eine andere aufzusuchen. Ich blieb stehen, in einer Art Bangigkeit, sie könne sich hinabstürzen wollen. Ich hielt sie für eine Dichterin, die incognito bleiben wollte. Mir kam der Einfall, ihr irgend eine Art Huldigung darzubringen., Sacht stieg ich hinter ihr an dem Felsen empor und warf ihr einen Myrtenstrauß, den ich frisch gepflückt hatte, vor die Füße. Sie schien nicht verwundert und blickte sich nicht um, lächelte nur und drückte den Strauß an ihre Brust. Sie hatte in diesem Augenblick die Physiognomie eines jungen Mädchens, und ich bedauerte lebhaft, dass sie keins war.

„Der Zufall ist zuweilen grausam. Als ich später in den Vorraum des Speisesaales trat, wo sich die Gäste zu versammeln pflegen, näherte sich mir mein Tischnachbar, ein Herr, der für witzig galt, und fragte mich, ob ich vorhin unser vis-à-vis auf dem Felsen bemerkt hätte, die „reine Sappho aus den Fliegenden Blättern". In einer Anwandlung jener niedrigen Feigheit, die uns zuweilen gegen bessere Einsicht zum Echo fremder Lieblosigkeit macht, antwortete ich: „Ja, ich habe „die Großmutter Psyche" gesehen." Kaum war mir der hässliche Spott entschlüpft, so beschlich mich die unheimliche Empfindung, als stände sie hinter uns. Und sie stand hinter uns. Sie erinnerte mich in jenem Augenblick mit den geöffneten Lippen und den großen, starren und entsetzten Augen an eine Medusa. Wie geistesabwesend trat sie einen Schritt zu mir heran, griff mit einer mechanischen Bewegung nach der Passionsblume, die ich in der Hand hielt, und ging hinaus. Ich war fest entschlossen, auf irgend eine Art gut zu machen, was ich gefrevelt. Es war mir nicht vergönnt. Ich sah sie nicht wieder. Am andern Morgen war sie abgereist. Und dass ich sie nun hier wiederfinde, peinlich ist es für mich, sehr peinlich."

„Es trifft Sie kein Vorwurf," beschwichtigte ihn Doktor Behrend, und mit einem leichten Achselzucken setzte er hinzu: „Anachronismus des Herzens. Nichts Seltenes bei bejahrten Frauen mit allzu sensiblem Nervensystem."

Der Fremde verließ die Anstalt, nachdem er den Irrenarzt gebeten, ihn von dem ferneren Schicksal der Greisin in Kenntnis zu setzen.

Als Doktor Behrend die Kranke wieder aufsuchte, war sie erwacht. Sie hatte die Fenster weit öffnen lassen. Sie bedeutete die Wärterin, sie mit dem Arzt allein zu lassen. Sie atmete langsam und tief, als tränke sie lebensgierig mit intensivem Bewusstsein die letzten Tropfen aus dem Becher der Zeit. Ihre Nasenflügel zitterten leise. Das Gesicht war ganz durchgeistigt, jede Falte war daraus verschwunden, wie es sonst erst nach dem Tode zu geschehen pflegt.

Noch ehe sie sprach, wusste der Arzt, dass ihr Geist wieder gesund war. Sie reichte ihm die durchsichtige Hand. „Ich danke Ihnen für all Ihre Sorgfalt und Teilnahme, und dass Sie mich still haben gewähren lassen. Hier in Ihrer Anstalt war ich weniger irre als während meines ganzen früheren Lebens. Großes habe ich gedacht, Herrliches geschaut. Träume und Visionen sind ja auch Leben. Wie dem Siegfried ward mir der Vögel Sprache kund.

Sie zeigte auf ein Buch, das auf ihrer Kommode lag. Er brachte es ihr.

Ich habe nach dem Tode meines Mannes angefangen, ein Tagebuch zu schreiben. Ich bitte Sie, es zu verbrennen. Sie sind Psychologe. Möchten Sie erfahren, wie und warum mein Geist gestört wurde, so lesen Sie es, bevor Sie es vernichten. Niemand sonst soll es lesen.

Er nahm das Buch aus ihrer Hand.

„Ich möchte nicht begraben sein," sagte sie nach einer Pause. „Verbrannt. In Flammen emporlodern – in Flammen! Das will ich."

Und wieder nach einer Pause: „Viele Frauen sterben am Kreuz, ob nur um tot zu sein, wie der arme Schächer, ob für die Andern, wie unser Heiland?"

Ihre Augen blickten weit hinaus, groß und glänzend, und blieben am Firmament hängen, als ob sie von oben eine Antwort erwartete. Dann senkten sie sich langsam und nahmen den Ausdruck seherischer, in's Innerste schauender Verzücktheit an. „Ja – für die Andern – die andern Frauen."

Sie bewegte leise die Lippen. Der Arzt meinte, sie betete, und ging still hinaus.

Wissenschaftliche Neugierde und persönliches Interesse an der Sterbenden trieb ihn, das Tagebuch sofort zu lesen. Hier sein Inhalt.

*

Ich muss schreiben – ja – ich muss! Sonst – – was sonst? Ich weiß es nicht. Bin ich herzkrank? Oder kommt es vom Hirn? Das innere Nagen, diese Empfindung des Verblutens, Erlöschens, und dann wieder die wirbelnde Unruhe. Krankheit ist es. Was für eine Krankheit?

Schreiben muss ich, ich kann ja mit Niemandem sprechen. Und könnte ich es, ich täte es nicht, nein, nie, um keinen Preis. Lachen würde man, lachen über die alte Frau, die froh sein sollte, dass sie das liebe Leben hat.

Ein alter Mann, das ist ein Mensch, der nicht mehr lange lebt, dessen Tage gezählt sind, aber er lebt! Eine alte Frau aber, die arm ist und Witwe, die ist so gut wie tot. Wozu lebt sie noch! Ob das an mir frisst, dass ich noch da bin, ohne zu wissen, wozu?

Ja, ich muss schreiben, damit ich nicht verrückt werde. Lebte ich dreihundert Jahre früher, ich würde denken, ich wäre besessen. Wovon? Von dem Teufel? Es ist doch nichts Böses in mir.

Ist es der Tod? Schüttelt mich der wilde Schauder der Natur vor dem Ende? Nein, ich fürchte das Ende nicht. Es ist nichts Grinsendes, Furchteinflößendes, das mich aufreibt. Etwas Starkes ist's, wundersam Drängendes, etwas, das an's Licht will. Geburtswehen? Was will geboren werden? Ich weiß es nicht.

Nur ruhig, ruhig! Ich schreibe ja, um ruhig zu werden.

Warum will ich eigentlich nicht verrückt werden? Gibt es nicht Wahnvorstellungen, berückende, schöne? Wenn ich mir nun einbildete, ich wäre – – Fort! Fort! Ich will sie ja loswerden, diese Verworrenheiten, die schwarzen Schatten und auch die leuchtenden Erscheinungen.

Kalt und nüchtern will ich prüfen, wie das kam, dass ich so geworden bin. Eine Art Nekrolog will ich von mir schreiben. Ich bin ja am Ende. Es kann nichts mehr kommen. Ich will einfach das Leben von Agnes Schmidt erzählen, die 54 Jahre alt ist und seit zwei Jahren Witwe mit einem Einkommen – Lebensversicherung und Pension eingerechnet – von 2500 Mark.

Erzählenswertes in meinem Leben! Gibt es das? Und was wäre das?

Ich habe lange dagesessen mit der Feder in der Hand und mich besonnen. Nichts, nichts!

Bin ich wirklich Agnes Schmidt? Ganz sicher Agnes Schmidt? Ich war es ganz bestimmt, bis mein Mann starb. Und nun, allmählich ist mir als schwände Agnes Schmidt immer mehr aus meinem Gesichtskreis, in weite Fernen hinaus, ein Schatten, der vor mir her ist, und der Schatten wird immer fahler, dünner, und an seine Stelle –

Ruhig! Ruhig! Ja, wie kam das! Es war doch von jeher Alles so in fester, schöner Ordnung gefügt. Ein so einfaches, gut und ganz ausgefülltes Leben, das meine.

Ich will mit dem Anfang anfangen, mit dem Kinde Agnes. Ein braves Kind, ein sanftes und ein hübsches Kind. Ich habe meinen Eltern keine Sorge gemacht. Ich tat, was man von mir verlangte. Sie zogen mir aber den Bruder vor, und wenn ich später weder Musik noch Zeichnen noch Sprachen oder sonst etwas lernte, so war es, weil dem Bruder Alles, was gespart werden konnte, zu gute kam. Jetzt weiß ich, warum man mir den Bruder vorzog; weil er der Sohn war und ich nur die Tochter. Und der Sohn machte den Eltern viel Kummer, den größten, als er starb, kaum zwanzigjährig. Ich glaube bestimmt, die Eltern hätten es weniger bitter empfunden, wenn ich gestorben wäre. Ich konnte doch nichts dafür. Seitdem wurde ich noch braver, ich hatte auch kaum Zeit und Gelegenheit, anders zu sein. Das Gehalt meines Vaters – er war Kanzleirat – war klein. Die Mutter und ich, wir hielten getreulich Alles zusammen. Kaum zwölfjährig half ich schon in den Stunden, die mir die Schule freiließ, im Haushalt, in der Küche, bei der Wäsche. Ich tat auch Alles recht gern; es fiel mir gar nicht ein, dass es anders hätte sein können. Alle Mädchen, die wie wir in einfachen Verhältnissen lebten, taten so ziemlich dasselbe. Ich war heiter, zufrieden und kerngesund. Die Privatschule, in die man mich schickte, muss dürftig gewesen sein. Ich habe nie richtig orthographisch schreiben gelernt und auch sonst nichts Rechtes. Und doch verdankte ich dieser Schule hier und da eine Sonntagsstimmung, wenn wir die Klassiker lasen. Einmal musste ich ein Schiller'sches Gedicht deklamieren. Ich tat es mit glühenden Wangen und so pathetisch, dass die ganze Klasse lachte. Ich schämte mich, tat es nie wieder und leierte von da an die Gedichte herunter wie die Andern auch. Ich bin wohl immer scheu und empfindsam gewesen.

Ähnlich erregte es mich, wenn Nachts der Mond auf mein Lager schien. Ich stand auf, stieg auf einen Tisch, der am Fenster stand, und sah herzklopfend hinaus in die silberne Traumwelt. Einmal fiel der Tisch um. Es gab großen Lärm im Hause. Ich wurde gestraft und erfuhr, dass ich etwas sehr Böses getan hatte. Und wenn der Mond mich wieder locken wollte, dann zog ich die Bettdecke über den Kopf. So lehrte man mich erkennen, was gut und böse ist.

Ich träumte oft, dass ich fliegen konnte, weit, weit fort, und so hoch, wie der Himmel ist. Ich ärgerte mich dann, wenn ich aufwachte. Es war so wunderschön gewesen, das Fliegen. Meine Mutter war gewiss eine brave Frau. Ich weiß nicht mehr viel von ihr. Doch erinnere ich mich, dass sie streng auf Ordnung und Schicklichkeit hielt. Was die Andern taten, das war für sie das Richtige. Es würde sie beunruhigt haben, wenn mein Kleid einige Zentimeter länger oder kürzer gewesen wäre als das der übrigen Schulkinder. Wir kleideten uns nach dem Kalender, nicht nach dem Thermometer. Die Mutter lebte eigentlich nur für den Vater. Der war wohl etwas verkümmert. Von mir nahm er kaum Notiz. Er wusste nicht, was er mit mir reden sollte. Ich glaube, er hielt nur Söhne für rechte Kinder. Mädchen müssen doch wohl untergeordnet sein, da Eltern immer enttäuscht sind, wenn ihnen Töchter anstatt Söhne geboren werden.

Ab und zu, an Sonntagnachmittagen durfte ich lesen. Als ich herangewachsen war, las ich unsinnig gern die Romane von der Marlitt. Marlitt'sche Romane und an Festtagen Apfelkuchen mit Schlagsahne, das waren die Extrafreuden der Tochter des Kanzleirats.

Als ich noch sehr jung war, bewarb sich ein junger Beamter, der im Bureau meines Vaters arbeitet, um mich. Meine Eltern meinten, er wäre tüchtig und rechtschaffen und den Ansprüchen, die ein einfaches, mittelloses Mädchen machen könne, angemessen.

Er gefiel mir, eine Verlobung gefiel mir noch mehr. Was mich aber unwiderstehlich lockte, war die Vorstellung von dem weißen Atlaskleid mit der Schleppe, von dem Myrtenkranz und dem Schleier.

Die Ehe lag noch in so weiter Ferne. Was sie sei, und was sie für Anforderungen an das Weib stelle, darnach fragte ich nicht, und Niemand belehrte mich darüber.

In gelassenem Frohsinn flossen die vier Jahre meines Brautstandes dahin. Während dieser Zeit war ich noch viel beschäftigter als früher. Ich nähte meine ganze Ausstattung selbst, wie es sich gehörte. Ich lernte kochen und schneidern, um für alle Fälle gerüstet zu sein, wie meine Mutter sagte. Und Abend für Abend kam mein Bräutigam, Eduard Schmidt, und ich schnitt und belegte ihm die Butterbrote, und er kam mir so recht gescheut vor, weil er soviel wusste, wovon ich keine Ahnung hatte.

Ich hatte Eduard wirklich lieb. Ich glaube, jeder Mensch muss irgend Jemand lieb haben; für mich war es Eduard.

Eines Tages aber war Hochzeit. Nach einer kurzen Hochzeitsreise bezogen wir eine kleine Parterrewohnung in der Philippstraße. Die Zimmer lagen nach Norden. Die Sonne schien nicht hinein.

In der ersten Zeit unserer Ehe war ich weniger heiter und zufrieden als im Brautstand. Ich hatte auch Eduard weniger lieb. Ich bin wohl kalt und scheu von Natur, und mein innerstes Wesen sträubte sich gegen Vieles, was zur Ehe gehört. Als ich ihm zwei Kinder geboren, sah Eduard ein, dass für einen noch größeren Zuwachs der Familie sein Gehalt nicht ausreichen würde. Und von da an lebten wir friedlich und gut mit einander, in einer wolkenlosen Ehe, die dreiunddreißig Jahre währte.

Wenn ich jetzt an ihn zurückdenke, meine ich, dass er ein ehrenwerter Mann war, ganz Bureaukrat. Er hatte jederzeit die Ansichten, die ihm als Beamter zukamen, nicht aus Liebedienerei, sondern aus ehrlichem Pflichtgefühl. Er war meiner Mutter so wahlverwandt wie möglich. dass er, von seiner Superiorität mir gegenüber überzeugt, etwas eigenwillig und streng in seiner Anforderung an mich war, tat dem Frieden unserer Ehe keinen Abbruch. Ich machte ihm nie Opposition, richtete vielmehr Alles ganz so ein, wie er es wünschte. Er hatte sich im Interesse der Seinigen hoch in der Lebensversicherung eingekauft. Da musste ich fleißig die Hände rühren, damit wir auskamen. Ich tat, was ich konnte, es war auch wirklich nicht zu viel. Alle jungen Frauen, die unbemittelte Beamte geheiratet hatten, taten dasselbe, und ich tat es gern. War ich doch von Jugend auf daran gewöhnt.

Gegen Abend war ich immer bereit, mit Eduard spazieren zu gehen. Nur ging er meistens so schnell, dass es mich etwas anstrengte. Vor dem Schlafengehen spielte er gern Karten. Ich spielte nicht gern Karten, freute mich aber, dass ich ihm den kleinen Dienst leisten konnte. Und dann war ich so müde uns schlief so gut. Ich war gesund, mein Mann war glücklich und zufrieden, meine Töchter Grete und Magdalene gediehen. Herzige muntere Kinder, die ich von ganzem Herzen liebte, die aber dafür sorgten, dass ich tüchtig schaffen musste.

Und ein Tag war wie der andere. Wie auf Rollen glitt mein Leben dahin, schnell, schnell. Nur wenn ich ein paar Stunden hinter einander an der Nähmaschine sitzen musste, das machte mich nervös. Dann hatte ich zuweilen eine merkwürdige Empfindung: ein rieselndes Zittern in den Nerven. Der Faden riss, die Nadel fiel mir aus der Hand, und ich horchte auf, als müsste etwas geschehen, was, hätte ich nicht sagen können. Ein vages Erstaunen über die Frau, die da an der Nähmaschine saß und so emsig stichelte, ein plötzliches Michfremdfühlen in der lieben gewohnten Umgebung. Doch das ging immer schnell vorüber.

Ich entbehrte eigentlich nichts, als dass ich so wenig zum Lesen kam. Ich las so gern. Ich tröstete mich aber damit, dass, wenn meine Mädchen groß oder verheiratet wären, dann würde ich Zeit, soviel Zeit haben zum Lesen, ganze Nachmittage und Abende.

Und sie wurden groß, und ich konnte weniger als je lesen; denn nun gingen sie in Gesellschaften, und wir mussten die Einladungen erwidern. Das Herrichten der Toiletten, das Sorgen um die Mahlzeiten nahmen mich völlig in Anspruch. Das war auch die Zeit, wo mir oft das Herz schwer wurde, um meiner Mädchen willen. Das eine Mal ängstigte ich mich, Magdalene könne sich mit einem Ausländer, dessen Charakter keine Garantie für eine gute Ehe bot, verloben. Das andere Mal quälte mich die Vorstellung, dass der junge Fabrikherr, der Grete schon so lange den Hof machte und dem ihr Herz gehörte, vielleicht nur ein leichtfertiges Spiel mit ihr triebe. Drei Jahre dauerte dieses Bangen und Unbehagen, eine Zeit, in der ich ganz in den

Leiden und Freuden meiner Töchter aufging. Schließlich wendete sich Alles zum Guten. Grete heiratete den jungen Fabrikherrn und Magdalene einen Amtsrichter. Betrübend war es für mich, dass Keine von Beiden in Berlin blieb.

Ich wunderte mich im Stillen etwas, dass sie gerade diesen Männern ihre Neigung geschenkt hatten, war aber doch froh, sie gut versorgt zu wissen.

Heiterer als je sah ich in die Zukunft. Grete und Magdalene wollten uns oft in Berlin besuchen, und ich wollte alljährlich einmal mit Eduard zu ihnen kommen.

Und wir würden reisen. Eduard versprach es mir. Bisher hatten wir nur ab und zu in der Nähe von Berlin auf vier Wochen eine Sommerfrische gehabt, in Misdroy oder im Harz, wohin wir regelmäßig das Dienstmädchen mitnahmen, um selbst zu wirtschaften. Das hatte in dem kleinen Badeorte manches Belästigende mit sich gebracht. Ich hatte immer doppelte Arbeit gehabt. Und wenn nachmittags Spaziergänge unternommen wurden, war ich schon müde und blieb am liebsten zu Haus. Und begleitete ich ab und zu die Meinigen, meine Gedanken blieben doch zurück, bei dem Dienstmädchen, bei dem Abendessen. Auch musste ich mich anstrengen, mit den Andern Schritt zu halten.

Nun sollte Alles anders werden. Wir hatten jetzt Geld genug. Weit, weit fort wollten wir reisen, in die Schweiz, nach Tirol, vielleicht bis nach Oberitalien.

Es sollte nicht sein. Wenige Wochen nach der Verheiratung der Töchter erkrankte Eduard. Er genas nicht mehr. Ein Rückenmarksleiden entwickelte sich, das ihn acht Jahre an's Krankenbett fesselte. Acht Jahre lang pflegte ich ihn. Mit dem liebevollen Eigensinn des Kranken nahm er von Niemand, außer mir, auch nur die kleinste Handreichung. Er aß nur, was ich ihm selbst bereitete, und war doch unzufrieden, wenn ich das Krankenzimmer verlassen musste. Armer, armer Eduard! Nie war jede Stunde meines Lebens so ausgefüllt, als während dieser langen Krankheit.

Von einer Reise zu meinen Töchtern konnte keine Rede sein. Ab und zu kamen sie wohl auf einen Tag nach Berlin. Es war aber Alles so traurig im Hause, und ich hatte so gar keinen Augenblick Zeit für sie, dass ich nicht wagte, ihnen zuzureden, länger zu bleiben oder häufiger zu kommen. Die Fabrik von Gretes Mann lag in der Nähe von Magdeburg, und Magdalenes Mann war Amtsrichter in einer kleinen hannoverschen Stadt.

Im Laufe der acht Jahre schenkten sie mir vier Enkel. Ich lernte sie nicht kennen.

Meine Schwiegersöhne sah ich nur ganz flüchtig, wenn sie in Begleitung ihrer Frauen dem armen Kranken einen kurzen Besuch abstatteten. Ich war so ungeschickt, verstand auch so gar nicht, mich herauszureißen und etwas zu ihrer Zerstreuung zu tun.

Eduard starb. Ich habe innig um ihn getrauert. Unfasslich war's mir in der ersten Zeit, dass er nicht mehr da war, ich ihn nicht mehr pflegen sollte. Bei Tage lief ich ruhelos durch die Zimmer, immer aufhorchend, ob er mich rufen würde. Oft, wenn ich Nachts erwachte, stürzte ich an sein Bett. Still, leer Alles um mich her.

Meine Töchter hatten mich vom Begräbnis aus gleich mit sich nehmen wollen. Ich hatte sie gebeten, erst einige Zeit vergehen zu lassen, bis ich gefasster geworden. Sie sahen es ein und ließen mich. Ich musste versprechen, so bald als möglich zu kommen.

Einige Wochen noch hatte ich mit dem Ordnen des Nachlasses zu tun, dann war ich fertig mit Allem. Ich war müde von dem schweren Tagewerk der letzten Jahre, ich durfte mich ausruhen. Warum kam die Ruhe nicht? Sie kam nicht. Und nun fing es an, ganz allmählich, das Seltsame, das Nagen, das Grübeln, das Schreckliche.

Ich saß stundenlang und tat nichts und dämmerte so hin. Dann lief ich von der Wohnung auf die Straße in die Wohnung. Ich hatte solche Unlust, zu meinen Töchtern zu reisen. Und zu mir konnten sie nicht kommen. Grete erwartete ihr drittes Kind, Magdalene konnte im Haushalt nicht einen Tag entbehrt werden. Sie wussten ja auch, ich war wohl, mir ging nichts ab. Mir geht ja auch wirklich nichts ab. Oder – was denn?

Ich hatte meinen Töchtern geschrieben, ich würde im Frühjahr kommen, im Frühjahr aber schrieb ich, dass ich erst im Herbst reisen würde. Jederzeit wäre ich herzlich willkommen, haben sie geantwortet.

Es war Alles so gut in meinem Leben gewesen. Kein großer Kummer hatte mich heimgesucht. Selbst Eduards Krankheit war ein sanftes, allmähliches, fast schmerzloses Erlöschen gewesen. Er hatte sich zuletzt noch so gefreut, als er den Titel Geheimrat erhielt. Ihn zu pflegen hatte mir wohlgetan.

Nun konnte ich lesen, lesen, so viel ich wollte. Und ich lese, Romane wie ich sie früher liebte, in der Art der Marlitt. Sie gefallen mir nicht mehr, ich lese oft mechanisch, ohne zu wissen was. Es ist mir so gleichgültig, was darin steht, aber so gleichgültig.

Ich machte feine Stickereien für die Kleider meiner Enkelchen. Grete und Magdalene bedankten sich sehr schön dafür, ich las aber zwischen den Zeilen, dass diese Art der Stickerei nicht mehr Mode sei. Und ich sollte meine armen, alten Augen schonen, schrieben sie. Meine armen, alten Augen sind doch aber ganz gesund. Ich habe das Sticken aufgegeben.

Was nun? Ich begieße die Blumen, die Wasser genug haben, ich wische Staub von den Möbeln, auf denen kein Staub mehr liegt. Ich bleibe oft mitten im Zimmer stehen und sehe mich um, was ich tun könne. Wie hässlich mein Zimmer ist! So viel gehäkelte Deckchen! Ich nehme die gehäkelten Decken ab und lege sie wieder hin. Ich bin täglich auf den Kirchhof gegangen und habe die welken Blätter von den Blumen auf Eduards Grab gepflückt. Als ich merkte, dass diese Kirchhofgänge nur Gewohnheiten waren, gab ich sie auf.

*

Gestern fiel mein Blick zufällig in den Spiegel. Ich erschrak. Mein Gott, ich war ja eine alte Frau. So viel Falten und Runzeln. Seit wann war ich's denn? Wie schnell das kommt. Ich hatte bisher nie an mein Äußeres gedacht. Und wie dürftig, geschmacklos mein Anzug war! Das schwarz wollene Kleid mit der langen Taille, den engen Ärmeln und der schwarz seidenen Schürze darüber, der kleine, altmodische weiße Kragen mit der großen Porzellanbrosche, auf der Gretes Bild gemalt war, aber ganz unähnlich. Und das schwarze Filetnetz über meinem glattgestrichenen, grauen Haar. Hässlich und alt! das war ich.

Ich stehe oft lange, lange am Fenster und sehe die Menschen vorübergehen. Sonderbar, Keiner weiß, dass ich hier oben stehe und ihm nachsehe. Und Keiner weiß vom Andern, Keiner von Keinem.

Wusste ich denn viel von Eduard? Was wusste ich denn? dass er gern Rührei mit Schinken aß und dass ich ihm die Taschentücher immer nach der Nummer in den Schrank legen musste, sonst wurde er böse.

Und er – was wusste er von mir? Von mir war ja nichts zu wissen. Wir waren beide rechtschaffene Leute, die ihr Pflicht taten.

Und diese angstvolle Unruhe nun, als hätte ich ein böses Gewissen? Wem tat ich was zu Leide? Oder ist es doch, weil Eduard starb? Im Anfang ja, da überfiel mich oft die schaudernde Verwunderung darüber, dass er tot war. Nun aber sind mir fast seine Gesichtszüge entschwunden. Gewaltsam will ich meine Gedanken zu ihm hindrängen, sie finden nicht, woran sie sich klammern können. Ich will an Grete, an Magdalene denken. Aber es sind nur die Kinder und die jungen Mädchen, deren Bilder mir vorschweben. Ihr Frauenleben kenne ich ja nicht. Ich betrachte die Photographien meiner Enkel, die ich nie gesehen; die Vorstellung, dass es die Kinder meiner Töchter sind, vermag nichts über mich.

Ich suche nach Erinnerungen aus meiner Kindheit, aus meinem Eheleben – nichts. Ich lese Eduards Briefe – nichts. Die Briefe meiner Töchter – nichts! Nichts!

Aber etwas muss doch sein, irgend etwas.

Ich gebe es auf, mich zu beschäftigen. Ich nähe nicht mehr. Ich esse, was das Mädchen mir gerade vorsetzt. Ich begieße die Blumen nicht mehr. Sie vertrocknen. Immerzu. Ich vertrockne ja auch. Wenn Bekannte von früher mich besuchen, und sie sprechen von Wirtschaftsdingen, so wird es mir schwer, ihnen zuzuhören, und ich begreife nicht, dass früher meine Gedanken an dem Wenden alter Stoffe und an der Ausnutzung von Fleischresten hingen. Wenn sie wiederkommen, die Bekannten, lasse ich mich vor ihnen verleugnen. Ich will allein sein.

Es ist etwas in mir wie ein vages Erinnern an Weitentlegenes, das vor langer, langer Zeit gewesen, vielleicht nur Träume, die ich einst geträumt und vergessen habe.

Mignon, die hatte Italien nie gesehen und sehnte sich dahin mit allen Fibern ihres Herzens. Das Heimatsgefühl lag ihr im Blut. Bin ich auch so eine alte Mignon, die – – Ja, ich suche, wo ich daheim bin. Komische Vorstellung: eine alte Mignon mit einer großen Porzellanbrosche und – –

Ich habe gefunden, wo ich daheim bin, daheim sein muss – bei meinen Kindern. Dahin gehöre ich. Ich schreibe nicht mehr. Ich will meine Enkel kennen lernen. Magdalene war immer so herzig und sinnig. Zu ihr kann ich vielleicht von meinen zerrütteten Nerven sprechen. Sie weiß wohl Rat. Morgen schon reise ich. Ich freue mich darauf, sehr freue ich mich.

*

Acht Wochen später.

Ich schreibe doch wieder. Es ist nur schlimmer geworden. Vier Wochen war ich bei Grete, und nun bin ich schon einen ganzen Monat bei Magdalene. Ich kenne jetzt die Art des Wahnsinns, zu der ich Anlage habe: Verfolgungswahn. Meine Töchter, meine Schwiegersöhne, meine Enkel, liebe, treffliche, frohe und glückliche Menschen alle, und doch – doch – ich möchte, ich wäre erst wieder fort, zu Hause. Es ist Alles so handfest bei ihnen, so nüchtern taghell.

Es machte mich gleich im Anfang nervös, dass meine lieben Kinder mich noch immer „Mämmchen“ nennen. „Mutter,“ ein schönes Wort; „Mämmchen“ ist, als nähme man die Mutter nicht ernsthaft, nur so wie eine drollige Alte, als verpflichte es zu nichts. Und Eugen und Heinrich, meine Schwiegersöhne, sagen Mamachen zu mir. Große, erwachsene, fremde Männer nennen mich Mama. Es ist wohl Sitte so. Grete und Magdalene, waren das wirklich noch ganz meine Töchter? Sie gehen allerwege in die Fußstapfen ihrer Männer. Sie sprechen mit ihren Worten, sie hören mit ihren Ohren, sie haben ihre Ansichten und Gewohnheiten angenommen.

Es ist gut, sehr gut, dass so ist. Aber sie sind doch nun ganz neue Menschen geworden, und ich bin fast befangen ihnen gegenüber. Mein schlankes Lenchen ist jetzt stark, Grete aber hat sich zu einem echten, rechten Weltkind entwickelt, und so klug ist sie. Ich staune ihre Klugheit an. Sie schüchtert mich etwas ein, und Heinrich, ihr Mann, der schüchtert mich auch ein. Und er hat doch so viel Wohlwollen für mich, immer ist er um meine Gesundheit besorgt. Wenn er mit Grete einen Spaziergang oder einen Besuch machte, so meinte er, das sei nichts für Mamachen, Mamachen bleibe gewiss lieber bei den Enkeln. Er erlaubte auch nicht, dass ich mich der Abendluft aussetzte. Und da sie meist im Freien aßen, zog ich es dann vor, eine Stunde früher mit den Kindern zu Abend zu essen. Er will immer nicht glauben, dass ich noch ganz kräftig und gesund bin.

Ich merkte, Grete war es oft peinlich, wenn ich mich so viel in den Hinterzimmern aufhielt. Ich beruhigte sie darüber, ich wäre am liebsten bei den Kindern. Es war nicht ganz so. Ich bin nur lieber bei den Kindern als – – Ich kann trotz aller Gegenversicherungen das Gefühl nicht los werden, dass ich meine Schwiegersöhne ein wenig in ihrer häuslichen Intimität beeinträchtige, vielleicht nur deshalb, weil ich ihre Schwiegermutter bin und auch alt und eine arme Beamtenwitwe.

Anfangs kam ich Abends öfter in Gretes Wohnzimmer und las da die Zeitung. Das Papier knitterte etwas. Ich sah, es machte Heinrich nervös.

Könnte ich ihnen nur wenigstens etwas leisten!

Meinem Lenchen, die in einfachen Verhältnissen lebt, wäre es gewiss angenehm, wenn ich die Kinder etwas beaufsichtigte oder das Einkochen der Früchte, das ich früher so gut verstand. Ach, ich bin so unlustig geworden zu Allem und auch gleich müde. Als ich neulich zu einem Kindergeburtstag einen Kuchen backen wollte, da missriet er, und die Kinder fielen mit Neckereien über mich her. Sie tanzten wie kleine Wilde um mich her und sangen den Gassenhauer: „Wir brauchen keine Schwiegermama." Und Alle lachten, die Erwachsenen auch, und es war auch wirklich so sehr drollig und doch – doch – Ich heiße hier immer nur die Schwiegermutter, und ich bin doch als Mutter da.

Ist es nicht auch drollig, wenn die Kleinen mich bei der Mutter anklagen: das Großmämmchen hat sich Cakes genommen, oder das Großmämmchen hat sich in Deinem Spiegel gesehen, Muttchen. Und Walterchen will nicht, dass ich bei Tisch Erdbeeren bekomme, weil dann für sein Kinderfräulein keine übrig bleiben.

Wie sich Alle immer darüber amüsieren. Ich nicht. Stumpf bin ich geworden, stumpf. Ich habe nicht einmal mehr Sinn für die naiven Schelmereien der Kleinen. Ich hatte mir eine Großmutter anders gedacht, die Kinder wahrscheinlich auch. Sie mögen mich nicht besonders gern. Das ist ganz natürlich. Ich bin nicht lustig, bringe ihnen nichts mit und weiß keine Märchen. Bloß weil ich ihre Großmutter bin und alt, das ist doch kein Grund, mich lieb zu haben. Sie spielen oft Krieg. Ich muss zuweilen den Feind vorstellen, den sie niederstechen. Und sie stechen und hauen mit ihren hölzernen Spießchen so tapfer auf mich ein, dass es mir ernstlich weh tut, ich lache aber und tue, als fände ich es reizend, sonst mögen sie mich noch weniger leiden, die herzigen Tollköpfe. Als ich neulich Walterchen etwas verbot, sagte er: „Dir gehorche ich nicht, Du bist ja nur eine Witwe!" Weises Kind. Eine Witwe, das heißt: Dein Mann ist tot. Du bist mit ihm begraben. Die indische Witwenverbrennung hat doch einen tiefen Sinn – noch heut, und nicht nur in Indien.

Ich bin keine Persönlichkeit. Ich bin Niemand, darum kann mich auch Niemand lieb haben, und auch meine Kinder – kaum – kaum.

Ab und zu habe ich Grete einen Rat in Bezug auf häusliche Einrichtungen geben wollen. Sie meinte aber, das sei zu meiner Zeit so gewesen, jetzt sei Alles rationeller geworden. Oder sie antwortete gar nicht, nickte mir nur freundlich zu und dachte wohl: wozu dem alten Mämmchen erst lange widersprechen. Und Magdalene, die hat immer dieselbe Einwendung: „Aber Eugen sagt –“ Und Eugen sagt wirklich – St! Schwiegermutter!

Einmal hatte ich bei Grete über ein Naturheilverfahren bei Kinderkrankheiten gesprochen. Da stand Heinrich auf und sagte: „Bitte, Mama, nur nichts Medizinisches.“ Und am Tage darauf redeten wir von Mädchen-Erziehung. Da stand er auch auf und sagte: „Nur nichts über Erziehung, dann noch lieber Medizinisches.“ Ich weiß nicht mehr, was ich reden soll, und werde still und einsilbig; nur so das Allereinfachste sage ich, über das Wetter, über das blühende Aussehen der Kinder, und ich sage das nur so mechanisch, damit man mich nicht für mürrisch und unzufrieden halten soll.

Ich ertappe mich zuweilen, dass ich laut mit mir selber spreche. Tun das vielleicht alte Leute so häufig, weil Andere sie nicht hören mögen?

Ein ander Mal, als bei Grete Gesellschaft war, hatte ich mir ganz feine, neue Handschuhe angezogen, um ihr Ehre zu machen. „Tu mir den Gefallen, Mamachen,“ sagte Heinrich, „und ziehe die Handschuhe aus, man sieht dann gleich, dass Du zur Familie gehörst.“ Einen Augenblick fuhr es mir durch den Sinn: hat er den Hintergedanken, dass ich in meiner dürftigen Erscheinung, als gebetener Gast, kompromittierend bin? Für eine Mutter oder Schwiegermutter ist man nicht verantwortlich. Die muss man hinnehmen, wie Gott sie gibt. Ich bereute gleich diesen Gedanken.

Er lobte seinen Gästen gegenüber laut meine Herzensgüte, wie ich acht Jahre so treu meinen Gatten gepflegt u.s.w. Das war mir entsetzlich peinlich und verletzte mich wirklich. Und wieder dachte ich: Lobt er Dich etwa, wie eine Art Entschuldigung für Deine sonstige Kümmerlichkeit. Ich sage es ja – Verfolgungswahn!

Wenn ich von einem Spaziergang heimkomme und ein besonders feiner Besuch ist bei meinen Kindern, so gehe ich die Hintertreppe herauf, leise, damit mich Niemand hört. Es ist unbequem für sie, das alte Mämmchen dem Gast erst vorstellen zu müssen, und darnach weiß man nicht, was man mit ihr anfangen soll. Es bedrückt mich, dass ich so unbeholfen bin, so würdelos im grauen Haar. Die Paar Höflichkeitsphrasen, die ab und zu ein Besuchender an mich richtet, irritieren mich. Sie brauchen ja nicht mit mir zu reden. Sie sollen es nicht.

So herzlich war mein Gretel beim Abschied und Heinrich so wohlwollend freundlich, wenn auch etwas zerstreut. Die Kinder bliesen eine Fanfare – allerliebster Einfall – oder – Humor, altes Mämmchen! Humor!

Magdalene macht soviel Umstände mit mir. Sie hat sich um meinetwillen ihres Teppichs beraubt. Neulich klagte sie über kalte Füße. „Wozu hast Du denn Deinen Teppich?" fragte Eugen. Sie gab ihm einen Wink. Und dann merkte ich, dass sie Mittags nicht wie sonst ihr Glas Wein trank. Sie spart es sich am Munde ab, um es mir zu geben. Es entfuhr ihr neulich, so unwillkürlich.

Magdalene ist, wie ich war. Ich sehe mich bei ihr wie in einem Spiegel. Sie nimmt auch oft von einer Speise nichts, damit ihr Mann recht viel davon haben soll. Nur verfährt sie bei Allem praktischer. Sie weiß es so einzurichten, dass ihr Mann dahinter kommt, wenn sie ihm ein Opfer bringt. Ich war immer in Angst, er könne es merken. Und Alles tut sie rascher, munterer und bewusster, als ich es tat. Und ihr Mann – den liebt sie ganz anders, als ich Eduard liebte, ganz anders.

Er ist lustig, der Eugen, recht zu Scherzen aufgelegt. Meine beiden Schwiegersöhne, unerschöpflich sind sie in Schwiegermutter-Anekdoten. Eugen wundert sich immer so in seiner spaßhaften Art über meinen Appetit. Was Mamachen essen kann! Beneidenswert! Heinrich wunderte sich übrigens auch darüber. Er hielt lebhaften Appetit geradezu für eine Schwiegermuttereigenschaft. Es scheint wirklich, dass ich unnatürlich viel esse. Es war mir peinlich. Ich gab mir eine Zeit lang Mühe, wenig zu essen, das gilt ja auch für zuträglicher. Neulich musste ich aber doch wohl zu wenig gegessen haben, vielleicht hatte es auch irgend einen anderen Grund, ich fühlte mich sterbensschwach und hatte eine Ohnmachtsanwandlung. Ich bat Magdalene um ein Glas Rotwein und, wenn es keine Umstände mache, um ein wenig Fleisch. Wie Eugen sich darüber amüsierte. Er kam gar nicht aus dem Lachen heraus. Eine Krankheit, die mit Rotwein und Beefsteak geheilt würde, solch eine Krankheit wünsche er sich auch. Und er erzählte es Jedem, der kam, und erregte viel Heiterkeit damit.

Sie leben in einfachen Verhältnissen, haben aber keine Sorgen, und doch sagte Eugen neulich: „Mamachen hat es gut, die kann so aus dem Vollen wirtschaften." Er findet es unrecht, dass ich so allein in Berlin hause, sie hätten doch das hübsche Fremdenzimmer. Es wäre auch nicht verständig, wenn eine einzelne alte Dame für sich allein fast 3000 Mark ausgäbe. Wozu z.B. die große Wohnung von drei Zimmern u.s.w.

Magdalene wies ihn zurecht. Ich hätte doch das Geld, um es mir für meine alten Tage angenehm und bequem zu machen.

Natürlich, er wolle ja auch, dass Mamachen es auf's Beste habe, und er mache wahrhaftig keinen Anspruch auf Lenes Anteil an der Lebensversicherungsrente. Wenn er mir aber jährlich 1500 Mark zurücklegte – er hätte Gelegenheit das Geld gut anzulegen – so könnte ich mir für das Ersparte ein Extravergnügen antun, reisen oder Ähnliches. „Und dann kannst Du mir auch ein Wiegenpferd kaufen," rief das Walterchen dazwischen, „so groß, wie's gar kein's gibt." Ich sollte mir die Sache überlegen, meinte Eugen, mein Ausbedingestübchen sei immer bereit.

Es war wirklich nur ein Stübchen, ein ganz kleines. Ich hatte ein Gefühl der Angst, er könne ein positives Versprechen von mir verlangen, und das wollte ich nicht geben.

Als ich neulich Abend meine Freude über den Duft der Lindenblüten äußerte, sagte er: „Fasse Dich nur, Mamachen," und er sagte es so komisch, dass wieder Alle lachten.

Neulich waren wir ausgefahren, die Pferde scheuten und bäumten sich hoch auf. Ich gebärdete mich ängstlich. „Gottes Wille geschehe," sagte Eugen lachend, um mir die Angst wegzuscherzen, „wenn Dir etwas Menschliches zustoßen sollte Mamachen, Deine Töchter sind ja versorgt, Du hast zwei reizende Schwiegersöhne" u.s.w.

Solche Scherze machen mich immer traurig.

Am traurigsten war ich vor einigen Tagen, als ich von einem plötzlichen, heftigen Übelsein befallen wurde und Magdalene den Arzt holen ließ. Eugen hörte so merkwürdig gespannt auf den Ausspruch des Arztes. Warum denn? Zu leben, wenn Einer wünscht, dass man tot wäre – schrecklich! Schrecklich! Aber er wünscht es ja gar nicht. Ich bin nur – ich habe nur –

Neulich hörte ich durch die offene Tür, wie ein Herr zu meinem Schwiegersohn sagte: „Wie? Lebt die Mama Schmidt noch? Ich habe doch nie von ihr sprechen hören." Was hätten sie auch von mir sprechen sollen!

Humor, Mämmchen! Humor!

Ich bin böse auf mich, dass Eugens Scherze mich erregen. Ich war doch früher sanft und anspruchslos. Verliert man diese Eigenschaft im Alter?

Trefflich sind meine Schwiegersöhne, und ich bin ihnen innig dankbar, dass sie meine Töchter so glücklich machen. Aber fort muss ich, ja, ich muss! Ich bin nicht mehr unruhig, aber ich werde täglich stumpfer. Wie Einem Hände oder Füße einschlafen, so schläft etwas Geistiges in mir ein.

Alles Blut aus dem Gehirn entweicht.

Ich muss es bewegen, bewegen! In's Freie! In's Freie!

Vielleicht sind doch Kinder nur eine Episode im Leben einer Frau, und sie hören auf, Töchter zu sein, wenn sie Mütter geworden sind. Es ist fast ein Anachronismus, dass sie noch eine Mutter haben. Sie leben auch in einer andern Zeit, in einem andern Kreis. Darum ist die Mutter bei ihren Kindern nicht am Platz.

Nein, von meiner Nerven-Überreizteit hätte ich eher zu jedem Fremden als zu meinen Kindern sprechen können. Sie würden gleich denken, ich wäre auf dem Wege, den Verstand zu verlieren. Hätten sie ganz Unrecht?

Morgen reise ich ab. Ich freue – – was wollte ich denn da schreiben? ach Gott!

*

Wieder daheim. Nun wird's besser werden, viel besser. Ich bin nicht mehr wie eingeschlafen. Ich bin wach, beinah unternehmungslustig. Ich gehe viel aus, ich gehe in Galerien, in's Theater. Ich lese, ja, hauptsächlich lese ich. Ich hatte in der Zeitung Bücher erwähnt gefunden, russische, französische, skandinavische, die einen geistigen und sittlichen Umschwung bedeuten und das Leben schildern sollten, wie es wirklich ist. Wie es wirklich ist? Wäre das der Mühe des Schilderns wert? Ich habe in diesen Büchern gelesen, tagelang. Stellenweise fesselten sie mich bis zu krankhafter Aufregung, bis zu schaudernder Ergriffenheit. Dann wieder verstand ich nicht mehr. Wollte ich einen Gedankengang festhalten, er zerfloss wieder. Ich nahm mir auch nicht die Zeit, Seite für Seite aufmerksam zu lesen, ich blätterte nur in den Büchern. Ich habe ja keine Zeit. Ich will den Geist des Ganzen fassen, im Fluge. Ich bin wie gehetzt von Etwas, das immer hinter mir her ist – was? Tod, Geistesverwirrung, oder was sonst?

Eine Völkerwanderung von Ideen, Stimmungen, Gedanken stürzt über mich her. Wie? Diese Schriftsteller verwerfen, was bisher für unumstößlich galt – Sitten, Anschauungen, Glauben, Moral! Es wäre auch nicht wahr, dass die Frau ein untergeordnetes Geschöpf ist, vorausbestimmt für niedere Lebensfunktionen! Was soll mir das! Jetzt! Was! Ich werfe die Bücher fort und nehme sie wieder auf, allmählich verstehe ich sie besser, und langsam, langsam tut sich mir eine neue fremde Welt auf, wie aus Abendnebeln Sterne tauchen. Und dann wieder habe ich die seltsame Vorstellung, als hätte ich all' die neuen Gedanken, die in den Büchern stehen, schon einmal gehabt, als hätten sie irgendwo verborgen in mir geruht.

Wenn der Glaube an Seelenwanderung nun doch kein leerer Wahn wäre!

Die Bücher lese ich besonders gern, wo Frauen, von feurigem Idealismus getrieben, Heroisches, Hingebendes vollbringen. Ob ich eine solche Frau hätte werden können, wenn – Und ich war zeitlebens Magd!

*

Ich habe etwas Neues in mir entdeckt – Eitelkeit. Ich habe nie gewusst, was Eitelkeit ist. Ich hatte mich so jung verlobt. Eduard hatte keinen Sinn für Äußeres. Er bemerkte gar nicht, ob ich gut oder schlecht aussah. Der einzige Maßstab für meine Kleidung war ihr Billigkeit und Dauerhaftigkeit gewesen, und ob die Stoffe sich wenden ließen. Reizende und anmutige Kostüme fallen mir jetzt auf der Straße in die Augen. Vielleicht ist mein Sinn für Schönes auch geweckt worden durch die vielen Bilder, die ich sehe. Muss ich denn so garstig sein? Ich habe mir ein Kleid von feiner schwarzer Wolle angefertigt, das lang und faltig über die Füße fällt, mit einem Tuch über den Schultern, ganz, wie ich es auf einem Bilde von Marie Antoinette gesehen hatte. Mein graues Haar, das stark ist und ziemlich kurz, ließ ich frei auf die Schulter fallen. Ich dachte auch daran, mir eine Blume, eine unscheinbare, vorzustecken. Ich versuchte es mit einem kleinen Veilchentouffe. Ich warf es gleich wieder fort. Es sah albern aus, als wollte ich jünger erscheinen. Nur das nicht!

Wenn ich nun so in der Dämmerung – es muss dämmerig sein – durch das Zimmer gehe, an dem Spiegel vorbei, dann sehe ich aus, als wäre ich jemand, irgend jemand Anders als die gute Frau Schmidt und gar nicht mehr alt, und mein Herz klopft, und ich blicke um mich, als wollte ich – wenn ich nur wüsste, was? Ich muss zuweilen in mich hineinlachen, als hätte ich Agnes Schmidt überlistet, die fremde Person, die ich sein wollte. Gehe ich bei Tage aus, so ziehe ich meine alten Kleider wieder an und habe dann die Vorstellung, dass ich verkleidet bin, und wenn mich irgend eine alte Bekannte grüßt, wundere ich mich beinahe, wieso sie mich erkannt hat.

Abends laufe ich oft ohne Hut auf die Straße. Nur ein Tuch um den Kopf. Ich habe jetzt immer, einen Zug, mich von allerhand freizumachen. Ich weiß selbst nicht recht, wovon. Auch von den gehäkelten Deckchen, die sind nun alle fort. Ich habe so viel Blumen, als ich nur konnte, gekauft, starkduftende. Wenn ich dann die Augen zumache, und es duftet so stark, so träume ich all die Märchen nach, die ich in meine Jugend nicht lesen durfte.

Ich hatte früher nie Bildergalerien besucht. Anfangs ging ich betäubt, verwirrt durch die Säle. Erst allmählich fingen die Bilder an auf mich zu wirken, einzelne wenigstens, vor denen ich immer wieder stehen bleibe, zumeist vor Böcklin. Ich liebe die klare Märchenpracht, das Übernatürliche seiner Farben, die goldenen Bäume, die purpurnen Gewänder, den strahlenden Äther, die seligen Blumen. Ja, in diese

Natur gehören Götter, Priester und Traumgestalten. Selbst seine Tiere haben einen mystisch träumerischen Zug.

Warum hat Böcklin nicht Lohengrin gemalt in dem Nachen, den die Zauberschwäne ziehen? Warum nicht den Leichenzug Siegfrieds über die Heide hin, Musik ist seine Farbe, bald Schalmeienklang, bald ein Requiem oder ein Choral. Ich komme dahinter, mich fesselt und bewegt nur, was abseits vom Wirklichen liegt. Eine Spannung auf dämmernd Fernes, auf Wunderbares. Oder greife ich vielleicht zu solchen Erregungen, wie der Proletarier zum Alkohol, weil er substantielle Nahrung nicht haben kann? Will ich Rausch?

*

Ich mache weite Spaziergänge. Früher ging ich nur aus, um Besorgungen zu machen. Nun aber gehe ich wirklich spazieren, langsam, durch den Tiergarten. Das Wetter ist seit Tagen schon trüb und regenschwer. Luft und Himmel grau, immer grau. Die noch grünen Blätter verschossen, schwarzfleckig. Der Boden bedeckt mit bräunlichem und schmutziggelbem Laub, dazwischen abgebrochene, morsche Zweige. In der Luft etwas Modriges. Die feuchte, schwere Erde scheint die Blätter in sich zu saugen. Sie nährt sich ja davon. Das ist nun mein Los auch, so abzusterben in Muffigkeit und Grämlichkeit, aufgesogen – –

In einem abgelegenen Teil des Tiergartens ist ein kleiner, wirrer, eingezäunter Garten, ich glaube mit einem Gärtnerhäuschen darin. Neulich war die Tür offen. Ich trat ein. In einer Ecke stand ein morsches Bildwerk von Sandstein, ganz von späten wilden Rosen eingehüllt, rote Rosen, purpurrote. Ich bog die Rosen auseinander, um zu sehen, was das für ein Bildsäule war. Sie hatte keinen Kopf. Die Säule war ganz rot gesprenkelt, als wäre Blut aus dem kopflosen

Rumpf daran niedergeträufelt, und davon flammten die Rosen so rot.

Mir war, als wüsste ich, wem der Kopf, der auf der Bildsäule fehlte, gehörte, und ich hätte es nur vergessen. Ich suchte nach dem Kopf in den Gebüschen. Und jedes Mal, wenn ich wieder an die Stelle komme, suche ich unwillkürlich nach dem Kopf. Und unwillkürlich fasse ich nach meinem Kopf. Aber der ist noch da. Nur nicht so recht fest.

Im Tiergarten ist's jetzt so trübe. Ich wollte einen Blick in's Weite, Freie, fernab von der Stadt und von den Menschen. Felder und Wiesen wollte ich.

Von meiner Wohnung ist es nicht weit, bis man auf die Chaussee kommt, die nach Wilmersdorf führt. Dahin ging ich. Ja freies Feld! Auf der einen Seite grünlich graues Erdreich, missfarbige Sandflecken, von kurzen Gräsern durchwachsen, ab und zu ein Büschel Kraut oder ein Kieferstrauch, in der Ferne eine Reihe dünner Bäumchen.

Auf der andern Seite, ich weiß nicht, waren es Felder oder Bauplätze oder Ablagerungsstellen für allerhand. Eine fade Luft. Kein frischer Hauch. Gerümpel über das ganze Feld hin verstreut, zerbrochene Gießkannen und alte Stiefel. Düngerhaufen, ein paar Leinewandlappen, Ziegelsteine. An einer andern Stelle Gestrüpp von Kartoffeln und ein Stück Lattenzaun, daneben lila Abhub von verfaulenden Kohlköpfen. Eine Laube aus Brettern, lose zusammengeschlagen, mit etwas schwärzlich schmutzigem Zeug behangen, dahinter eine Sonnenblume. Ein verkrüppelter Baum, unter dem ein morscher Karren stand. Ein Arbeitswagen mit abgezehrten Gäulen, der die letzten Kartoffeln und Kohlköpfe auflud. Braunes Gestrüpp, graues, schwärzliches Gestrüpp, Nebeldunst. In der Ferne die Hinterhäuser von Mietskasernen.

Entnervt, missmutig schlenderte ich die öde, langweilige Straße dahin.

Ein seltsamer Wagen kam mir langsam entgegen, ein kleines Wohnhaus auf Rädern, mit Fenstern auf allen Seiten. An den Fenstern weiße Gardinen und braune Kinderköpfchen, die lustig herauslugten. Zigeuner waren es, die von Ort zu Ort fuhren. Ein kaum erwachsenes, junges Ding kam zu mir herangehüpft und bettelte – nein, sie bettelte nicht, sie redete mir mit schelmischer Anmut zu, ihr etwas zu schenken. Wohin sie führen, fragte ich. Sie lachte und sagte: „Weiter." Ob sie keinen bestimmten Wohnsitz hätten? Sie lachte wieder. In dem Kasten da würden sie geboren, darin heirateten sie, kiregten Kinder, und darin stürben sie immer unterwegs.

Und dieses Mädchen, das eine Art Ballkleid mit Volants trug, vom Kehricht aufgelesen, tanzte vor mir her, in blühender Lebenslust, in jeder Bewegung Schönheit und Anmut. Nichts Dumpfes und Stumpfes in diesen Zigeunern. Ob es die unbändige Freiheit ist, in der sie leben, der sie diese geschmeidige Grazie, die fröhliche Sicherheit ohne Menschenfurcht verdanken? Ob das das Richtige ist? Immer weiter, von Ort zu Ort, jede Nacht wo anders schlafen, heut auf luftigen Höhen, morgen im Dunkel des Waldes, auf breiten sonnigen Ebenen, am Ufer der Flüsse, im Schoß der Berge!

Es hat mitunter etwas Schreckliches, die Vorstellung, immer auf einem, einem Punkt bleiben zu müssen, während es Millionen schönere Punkte gibt. Sie nie zu sehen! Armselig sind wir organisiert. So ganz ohne Flügel.

Unwillkürlich ging ich, so schnell ich konnte, weiter – weiter! Ich kam in die Nähe des Grunewalds, wo am Rand eines dürftigen Kiefernwäldchens eine Reihe Wirtshäuser stehen. Leute aus dem kleinen Bürgerstand pflegen da einzukehren.

Vor dem Gehölz war eine Wiese, von Streifen welken Kartoffelkrauts unterbrochen. Durch das dünne Gras blickte das schwarze feuchte Erdreich. Ab und zu kleine Haufen von Scherben und Kehricht. Neubauten noch mit dem Gerüst. In der Ferne die Häusermassen der Stadt. Es war Sonntag. Ich hatte nicht daran gedacht. Schlächter- und Bäcker-Equipagen mit zahlreicher Familie hielten vor den Wirtshäusern. Junge Leute tummelten sich auf der Wiese, spielten Reifen und Haschens, die jungen Mädchen mit wallendem Haar, in hellen Kleidern von grellen Farben, viel Himmelblau und Rosa. Auf einem Steinhaufen saßen die Eltern und aßen Butterbrote, die sie ihren Kobern entnahmen. Die Mütter hatten Federn oder bunte Blumen auf den Hüten, neben sich ein Häkel- oder Strickzeug. Hinter ihnen Regenschirme. Um sie herum fettige Papiere. In den Restaurants: Schnellphotographen, Schießstände, Leierkasten und Karussells. In einem Garten produzierte sich ein Bär. Trübe, schwer, vornehm hing der Herbsthimmel über der grellen Vergnügtheit.

Das unablässige Knallen der Gewehre, der Geruch des Bieres, der Leierkasten, der immer leidenschaftlicher spielte, die Karussellpferdchen, die immer wilder mit den lustigen Reiterinnen dahinsprengten, das Gekreisch über den Bären – war das nicht wüst, sinnlos! Und so nah dem Staub der Landstraße und ohne Sonne!

Was brauchen sie Sonne! Jugend ist ja Sonne. Und das Alter – seine milde, klare Ruhe nicht auch Sonne? Sonne im Winter. Sie wärmt nicht. Ich will wirkliche Sonne, südliche Sonne, Sommersonne. Ich will – Still! Still! Alte Mignon! In Berlin, in einer hässlichen, sonnenlosen Straße hast du gelebt, und da wirst du bleiben und sterben.

Fröstelnd, geringschätzig wandte ich mich von der kreischenden Lustigkeit ab. Hinter mir her rief ein junger Bursche: „Na, junge Frau, wie geht's?“ Ausgelassenes Gelächter.

Ich merke, dass ich zuweilen den Spott der Menschen errege, und weiß nicht, wodurch. Es irritiert mich. Ich leide unter der geheimen Angst, man könne das Widersprechende zwischen meinem Inneren und meinem Äußeren merken. Sie haben ja dekretiert, wie der Mensch in jedem Lebensalter sein soll. Darum, wenn ich Leute kommen sehe, krümme ich mich zusammen, damit ich noch älter erscheine, als ich bin. Ich gebe mir ein stumpfes Ansehen, als vegetierte ich nur so hin, wie es meinen Jahren zukommt. Der Alte ist eine liebenswürdige Vorstellung, die Alte eine unangenehme. Will man Jemand recht bitter kränken, so sagt man: Du bist ein altes Weib.

Ein alter Mann, ist er weise, kenntnisreich, gut, edelsinnig, er wird nach seinem Wert geschätzt. Gedankentiefe Sprüche, und wären sie in Runenschrift in uralten Stein gehauen, sie gelten voll nach ihrem Inhalt. Spräche und dächte aber eine lebendige alte Frau das Weiseste und Edelste, es wäre in den Wind gesprochen. Und wer freundlich über sie urteilt, sagt: schade, dass sie nicht jünger ist.

Ist das nicht ohne Scham, dass man die edelsten Eigenschaften beim Weibe nur als eine Würze ihres jungen Leibes gelten lässt?

So geringschätzig, so widerwillig blickt man auf die Alte, als wäre ihr Alter eine Schuld, die Strafe verdiente. Ihr Jungen und Jüngeren, Ihr werdet doch auch alt, und Ihr wollt alt werden, und Ihr haltet es für ein grausames Geschick, nicht alt zu werden.

Warum widersprecht Ihr Euch so?

Existiert denn der Mensch nur für einen bestimmten Lebensabschnitt? Ist die Kindheit nur Ouvertüre, das Alter nur Epilog?

Nein doch. Auch die Kindheit, auch das Alter haben volles, ganzes Daseinsrecht. Ein Mensch, und wäre es auch nur ein Weib, und wäre das Weib achtzig Jahre alt, er ist in seinem achtzigsten Jahr ebenso lebensberechtigt wie in seinem zwanzigsten. Wisst Ihr denn, ob er in seinem achtzigsten nicht mehr wert ist, als er es in seinem zwanzigsten war?

In der Antipathie gegen alte Frauen ist viel von der Barbarei früherer Zeitalter, von Zeitaltern, in denen auch die Krankheit als eine Schuld galt, und wo man die Alten, wenn sie nichts mehr leisteten, einfach ersäufte.

Gibt es keinen Heiligen, dem wir unsere Not an's Herz legen können?

Heilige Zukunft! Du, tu Fürbitte für uns alte Weiber!

*

Wie einsam ich bin. Soweit meine Gedanken reichen, kein Mensch, der für mich da ist.

Aber ich will ja einsam sein. Ich fühle mich ernüchtert, herabgezogen, sobald ich Stimmen oder Schritte von Menschen höre, und warte ungeduldig, bis sie sich in der Ferne verloren haben.

Nein, ich kann nie wieder unter Menschen gehen. Ich dämmere wieder tagelang so hin. Und plötzlich fahre ich dann mit nervösem Zittern aus meinen wachen Träumen auf. Aber ich leide ja, ich leide! Ist das der Lohn für die Bravheit eines ganzen Lebens?

War ich denn wirklich so brav und pflichtgetreu? Ich hätte ja gar nicht anders sein können! Ich war vielleicht nur deshalb so zahm, weil man mich von Kindheit an gezähmt hatte.

Ich sah einmal auf einer abseits gelegenen Chaussee, in der Nähe eines Wärterhäuschens, auf einer weiten Strecke entlang, Bäume in allen möglichen und unmöglichen Formen. Der Bahnwärter hatte in seinen Mußestunden künstliche Drahtgestelle angefertigt, in die er die Bäumchen hineinwachsen ließ. Da sah man eine Leier, einen Stuhl, eine Krone, einen Adler und zahllose, andere Gegenstände. Ich wollte darüber lachen. Ehe ich aber zum Lachen kam, wurde ich nachdenklich. Ein fertiges Gestell, in das hineinzuwachsen man die Bäume zwang. Wie vollkommen war das Kunststück gelungen. Ob Bäume, ob Menschen, das Kunststück wird immer gelingen. Dressur! Der Schäferhund und der Ziehhund, die sind auch brav und pflichtgetreu.

Man hatte meine Natur an die Kette gelegt. Nun bin ich losgelassen, und ich irre in der neuen, fremden Welt umher und würde vielleicht Unheil anrichten, aber da ist schon eine neue Kette – das Alter.

Für Andere leben, das soll das Richtige, das Wahre sein. Wäre es so, und Jeder lebte für den Andern, so hätten doch auch Andere für mich leben müssen, und es wäre dann doch dasselbe und viel einfacher, wenn Jeder gleich für sich selbst lebte. Eine Mutter soll nur für die Kinder da sein! So soll ich nur leben und arbeiten für die Tochter, und die Tochter soll wieder nur für ihre Kinder da sein. Welch ein sinnloser, unfruchtbarer Kreislauf.

Hatte ich wirklich nur Pflichten gegen Andere, keine gegen mich? Waren all die Anderen mehr als ich? Wären sie's gewesen, dann – – dann freilich – –

Hatte Eduard ein Recht zu sagen: lebe für mich! Hatten es meine Eltern? Meine Kinder? Hätte ich die Pflicht gegen mich erfüllt und meine Intelligenz entwickelt, so wären an meiner geklärten Vernunft meine Kinder im Denken fortgeschritten, und sie wären nicht wieder geworden, wie ich war. Unsere Pflichten! Müssten sie nicht in der Richtung liegen, die uns besser, edler macht, nicht umgekehrt? Dürfen sie uns auf ein niedrigeres Niveau herabdrücken? Vieles, was man uns als Pflicht einprägt, ist ganz gewiss nicht unsere Pflicht, z.B. die Pflicht, dem Gatten anzugehören, auch wenn unsere Natur sich dagegen auflehnt. Und wenn das eine falsche Pflicht ist, warum nicht auch vieles Andere, das man im Namen der Pflicht von uns fordert.

Liebe deinen Nächsten wie dich selbst, heißt's im Evangelium. Ich darf, ich soll mich also selbst lieben? Was habe ich mir denn zu Liebe getan? Nichts, das ich wüsste.

Ich war doch aber immer zufrieden? Ich? Aber ich war ja gar kein Ich. Agnes Schmidt! Ein Name! Eine Hand, ein Fuß, ein Leib! Keine Seele, kein Hirn. Ich habe ein Leben gelebt, wo ich gar nicht dabei war.

Ist das ganz wahr? Es gab doch so schöne Momente in meinem Leben, als die Kinder klein waren, so süß Geschöpfe.

Nun aber sind sie doch gar nicht mehr meine Kinder, sie sind die Frauen ihrer Männer. Sie haben sich von mir fort verloren.

Vielleicht kommt all' meine innere Not daher, dass mein Vater Kanzleirat war und meine Mutter Kanzleirätin, und dass ich einige Tropfen Eisen zu wenig im Blut hatte, und das ärmliche Blut konnte die Gehirnnerven nicht bewegen.

Wer und was bin ich eigentlich? Ich bin neugierig auf mich.

Es ist mir oft, als ob Funken mich berührten von irgend einem Feuer, einer Sonne, die ich nicht sehe. Ich blase in die Funken mit aller Kraft, damit sie Flamme werden. Mein Atem ist so kurz. Sie verglimmen die Funken – Asche.

*

Heut hatte ich düstere Momente, Gedanken an Unheilvolles, an Tod. Die vielen Blumen im Zimmer, halb verwelkt, hauchten einen faden, abgestorbenen Geruch aus. Ich hatte lange gelesen, Alles durcheinander, Philosophisches, Naturwissenschaftliches, und hatte mich abgemartert, aus dem Chaos klare Gedankenbilder zu sondern.

Alles still um mich her. Nur das Ticken der Uhr. Es wurde dunkel im Zimmer – Nacht. Von der Straßenlaterne her fiel ein matter Lichtstreifen über den niedrigen, weißen Ofen, auf dem eine Vase steht. Er sah wie eine Graburne aus.

Ich hatte kürzlich ein Bild gesehen: ein Mensch im Sarge. Er hat den Sargdeckel gehoben und starrt mit stierem Entsetzen empor. Schauerlich! Wird er die Kraft haben, den Deckel ganz zu heben, und aus dem Sarg zu steigen, oder – er fällt – fällt – –

Solch ein Gefühl hatte ich, als läge ich im Sarge und sähe zwischen dem erhobenen Deckel hindurch ein Stückchen Himmels, ein kleines Stück, und in der unaussprechlichen Sehnsucht, den ganzen, weiten Horizont mit meinem Augen zu umspannen, stieß ich und stieß gegen den Deckel. Und ich fühlte, meine Kraft erlahmte, meine Gedanken versagten, und langsam, langsam – der Sargdeckel – er fiel – fiel – – In furchtbarer Angst sprang ich auf, ich nahm ein Tuch um den Kopf und stürzte hinaus. Ein frischer, klarer Dezemberabend.

Ja, das beruhigte, der weite, große Sternenhimmel über mir. Nun wunderte ich mich fast über den Schauder in uns, heimzugehen, uns aufzulösen in's unermesslich Ewige. Was ist denn in mir, das wert wäre, durch Ewigkeiten zu sein! Lass ruhig den Deckel fallen, alte Frau!

*

Draußen im Freien finde ich Ruhe. Sobald ich zwischen meinen vier Wänden bin, fängt es wieder an, das Wirre, die Empfindung, als säße der Kopf nur so locker auf. Und ich halte ihn zuweilen, ich halte ihn mit beiden Händen. Ich kann nicht denken, was und wie ich will. Es ist, als drängen Ideen, Bilder, Vorstellungen von außen auf mich ein, heiße und wilde, zu viele! zu viele! Der Raum in Gehirn ist zu eng. Sie ersticken sich gegenseitig. Ich fühle ihre Zuckungen. Todeszuckungen? Um wahnsinnig zu werden.

Wahnsinn – ist das etwas Anderes, als das Stillhalten den Ideen, Visionen, die zu uns kommen und von uns gehen, wir wissen nicht, woher und wohin, und über die wir keine Macht haben?

Ist das Wahnsinn, so war ich länger als fünfzig Jahre wahnsinnig. Immer habe ich fremdem Willen, fremder Meinung still gehalten. Nach dem Naturgesetz, dass der Wille und die Macht der Andern über uns erst eine Grenze an unserem Widerstand finden. Ich war ein Mechanismus, den fremde Mächte in Bewegung setzten. Und nun ringe ich mich von diesem Wahnsinn los. Ich ringe, ringe um meinen Willen, um mein Selbst, um mein Ich.

*

Wieder seit vier Wochen nicht geschrieben. So Unerwartetes hat sich ereignet. Eine alte Verwandte, von der ich Jahrzehnte nichts gehört, ist gestorben und hat mir 10.000 Mark vermacht. 10.000 Mark! Eine so große Summe! Ich gebe sie Magdalenens Mann. Er kann sie so gut gebrauchen, und er hängt so sehr am Gelde. Gewiss, gern die paar armen Jahre, die ich noch zu leben habe. Ja, das will ich tun. Das ist recht gehandelt.

Andern Glück bereiten, das ist das Beste. Ich habe ja sonst nichts, womit ich Glück bereiten könnte.

Acht Tage später. Nein, ich gebe Eugen das Geld nicht. Ich habe gekämpft und gekämpft. Nun bin ich entschlossen. Ich behalte es. Für mich will ich es verwenden, für mich ganz allein.

Ich will reisen, weit fort! Ja die weite, weite Welt! Der Druck auf meinem Gehirn wird weichen. Ich verheimliche das Geld vor meinen Kindern. Das Meer will ich sehen! Wie ich es lieben werde, das Meer, das große Meer. Und dann – dann – Italien!

Ich kenne ja nur sonnenlose Tage und lange, lange Abende bei Petroleumlicht. Nie mit offenen Augen habe ich Morgen- und Abendröten gesehen, nie – –

Ob es sehr Unrecht ist, dass ich das Geld behalte? Will ich denn Glück? Lust? ja – ein wenig. Aber hauptsächlich will ich vorwärts – aufwärts! Die kleine Hausfrauenseele loswerden, einen Schimmer erhaschen von der großen Weltseele. Eine ethische Wanderlust ist's – – Wirklich? Es ist doch etwas Böses dabei, ich weiß es. Eine Art Rache, um des Unrechts willen, das mir geschehen. Rache? an wem? Ich tat ja Alles freiwillig, Niemand zwang mich. Unkenntnis der Gesetze schützt im bürgerlichen Leben vor Strafe nicht. So, scheint es, ist es auch auf dem Gebiet des Seelenlebens. Ich kannte die Gesetze meiner Natur nicht und verstieß dagegen. Und die Strafe: lebenslänglicher Kerker? Nein, ich will hinaus! Nur ein paar Tropfen aus dem Becher, der den Durst nach Leben stillt, die letzten Tropfen.

Morgen schon – morgen.

Acht Tage später. Ich bin noch immer hier. Ja, etwas Böses ist dabei. Ich werde es nicht los. Mein Gewissen – –

Oder haben wir vielleicht nur Gewissensbisse, wenn wir etwas tun, was im Widerspruch steht mit dem, was die allgemeine Meinung für gut hält. Warum hätten wir sonst so selten ein böses Gewissen wegen schlechter Gedanken, sondern immer nur wegen schlechter Handlungen? Warum schlägt dem das Gewissen nicht, der im Duell einen Menschen tötet, und er wusste vielleicht, dass er besser schoss als sein Gegner. Das war doch Mord. Weil die Andern es aber nicht für Mord halten, sondern für ganz erlaubt, so bleibt auch sein Gewissen stumm.

Es gibt doch aber Gewissen, die feiner und schärfer organisiert sind, und die sich von dem Kollektivgewissen der großen Menge freimachen? Z.B. eine Frau, die in einer erniedrigenden Ehe mit einem schlechten Manne lebt und die mutig dem Manne ihrer Liebe folgt, trotzdem sie den Gatten nicht bewegen kann, in die Scheidung zu willigen. Diese Frau hätte sicher kein schlechtes Gewissen. Aber sie würde doch immer noch mit einer sittlichen Elite übereinstimmen. Oder Charlotte Corday. Die allgemeine Meinung brandmarkte ihre Tat als Mord, eine fanatische Gemeinde aber spricht sie als Heldin frei.

Wenn ich aber etwas täte, das ich für das Richtige hielte und wobei ich ganz, völlig allein stände? Z.B. wenn ich Magdalene klar machte, dass ihr Mann eine niedrige Gesinnung habe und sie verschlechtere, und ich verlangte von ihr, dass sie ihn verließe, und sie täte es und geriet darüber in äußere und innere Not – würde neben der allgemeinen Verurteilung nicht auch mein eigenes Gewissen gegen mich sein? Und das Gewissen wäre doch in diesem Falle ein falscher Name für die Sehnsucht zurück nach den Fleischtöpfen Ägyptens.

Ich behalte das Geld, ich reise.

Ganz gewiss, nicht nur auf ferne Länder ist mein Sinn und Sehnen gerichtet, mehr noch, viel mehr auf ferne Gedanken, Gedanken in der Höhe. Ich sehne mich unaussprechlich nach Weisheit, nach reiner Vernunft, nach Erkenntnis. Alle Gedanken möchte ich denken, alle Gefühle fühlen. Und es ist ein Riegel vor meinem Hirn. Was für eine schaudernd erhabene Lust muss es sein, Gedanken auf Gedanken türmen, bis sie buchstäblich die Sterne berühren und die Welträtsel.

Muss man sich wie Faust immer dem Teufel verschreiben, um zu erkennen? Warum kann man sich nicht dem Himmel verschreiben?

Kürzlich – schreibe ich es? – habe ich Champagner getrunken, heimlich, bei verschlossener Tür. Ich wollte mir Kraft, Gehirnkraft trinken.

Umsonst! Ich bleibe unten.

Denken! Ich habe ja nicht gelernt, zu denken, und das muss man doch lernen. Ich weiß ja nicht, was vor mir gedacht worden ist. Wenn ich meine, hochgekommen zu sein, bin ich immer erst da, wo Andere lange, lange vor mir gestanden haben. Ich kann nicht reden. Aber schreiben? Das Schreiben ist mir natürlich, als hätte ich von Jugend an nichts Anderes getan. Ideen, Bilder drängen sich zu mir, in wirrer Fülle. Und doch – ich kann auch nicht schreiben, was ich schreiben möchte. Das macht, weil ich nicht einmal halb, kaum viertelgebildet bin. Ich will andere höherstrebende Worte, feiner gegliederte Sätze, sie sind da, in meinem Kopfe – eingeschlossen. Ich rüttle, rüttle – umsonst, der Riegel weicht nicht.

Und die Ideen, sie kommen in Nebel und Dunst verhüllt, verschwommen, aphoristische Schatten. Sonne fehlt ihnen, Helle. Alles ist nur Intuition, Augenblicksverstand. Blitz und Finsternis.

Wie mir, so muss einem Stummen sein, der im höchsten Affekt sprechen will, sprechen, und er kann nicht, kann nicht.

Und Keiner hilft mir, Keiner. Ich bin allein.

Die Wissenden, sie haben Lehr- und Wanderjahre gehabt, sie haben Länder und Menschen erforscht, sie haben ganze Bibliotheken studiert, sie haben an den Lippen weiser Lehrer gehangen. Stufe für Stufe muss erklimmen, wer auf die Höhe will, und Führer muss er haben. Fliegen wollen ohne Flügel: Widersinn! Größenwahn!

Oder doch kein Widersinn? Könnte man absehen von Allem, was bisher gedacht wurde, und hinweg über alle Generationen bahnbrechender Geister aus dem Urgrund der eigenen Seele schöpferische Gedanken zeugen? Ich habe es versucht. Über den Zweck unseres Daseins habe ich gesonnen und gesonnen, und nichts gefunden als den Gemeinplatz, dass der Mensch keinen anderen Zweck hat, haben kann, als der Stein, die Pflanze, die Erde: zu werden, zu wachsen, zu vergehen.

Freilich, ja, die Pflanze ist mehr als der Stein, das Tier ist mehr als die Pflanze, der Mensch als das Tier, aber nicht viel mehr, nicht viel.

Und könnte ich auch erkennen und finden, was die Besten der Zeit erkannt und gefunden, es wäre mir nicht genug, nicht genug.

Wie weit kann selbst der Klügste und Weiseste über sein Zeitalter hinausdenken? Vielleicht fünfzig, vielleicht hundert Jahre, wenn er ein Seher oder ein Genie ist.

Müsste dieses Bewusstsein nicht die Kraft der Aufwärtswollenden lähmen? Nein. Die rastlose Bewegung nach oben ist ja ein Instinkt, ein sonnenhafter, eine zwingende Naturnotwendigkeit ist er, ein Gemusstes, wie der Baum in jedem Jahr einen neuen Ring ansetzen muss. Es steht gar nicht in unserer Macht, uns nicht zu veredeln, zu vervollkommnen.

Und dieser Instinkt der Veredlung, der ist es, der mich forttreibt, und ich muss ihm folgen, ja, ich muss.

*

Acht Tage später.

Am Meer! Nordsee! Starker nordischer Wind umbraust mich. Er erfrischt mir Leib und Seele.

Immer nur wandle ich am Strand entlang, weiter und weiter.

Eine Düne springt vor, ich will wissen, was dahinter liegt – wieder das Meer.

Eine neue Krümmung – weiter – weiter! immer das Meer, dasselbe, dasselbe.

Nein, doch nicht dasselbe. In der Frühe noch umschmeichelten kosend die Wellen das Land, und gegen Abend, da packen sie es mit Riesenkrallen, heulend, würgend, als wollten sie es zerfleischend, in ihrem finsteren Schoß begraben.

Das rasende Arbeiten der ungeheuren Wassermassen, was schafft es? Nichts. Nachher Alles wie vorher. Und unser Rasen? dasselbe. Nachher Alles wie vorher. Und das Meer rast doch, und wir rasen doch.

Mein Kopf wird frei, die Brust weit in der herb kräftigen Luft. Ist denn das ausgemacht, dass ich alt bin? eine Greisin? Ich bin vielleicht eine Ausnahme der Natur. So wenig Dinge sind bewiesen. dass gerade das bewiesen ist, dass wir alt werden und sterben müssen! Aber man kann ja hundert Jahre alt werden! Und ich bin erst fünfundfünfzig. Ich habe ja noch beinahe ein halbes Jahrhundert vor mir.

Auf! Frisch! Hinaus! Wandere!

Und ich wanderte frohgemut wohl eine Stunde lang. Vor mir her ging ein junges Mädchen in rotem Kleide. Dann wurde mein Atem kürzer, meine Kraft erlahmte, ich schleppte mich nur so hin, und in bitterer Ernüchterung folgten meine Blicke dem jungen Mädchen in Rot, bis sie sich in der Ferne – ach in so weiter Ferne – verlor.

Nein, ich bin keine Ausnahme, ich werde nicht hundert Jahre alt, ich werde – – nichts werde ich. Ich bin eine angefangene Sache, die nicht fertig wird, nie.

*

Am schönsten ist das Meer in den Stunden, die der Nacht vorangehen. Abends, wenn die Flut sich zurückgezogen, dann spiegeln sich die Sonnenreflexe in dem leise verrinnenden Wasser am Strand mit einem süßen, seidenweichen Schimmer von unendlicher Zartheit, bläulich oder rosig. Diese süße Lauheit in der Farbe des Wassers, die schwärmerisch zarte Tönung wirkt wie verhallende Aeolsharfen oder wie der Hauch eines Liebesseufzers auf einer Flöte.

So müsste das Greisenalter verrinnen, eine sanft hinhallende Abendandacht.

Etwas Rührendes haben die Schaumflöckchen, die die Brandung auf den Sand wirft und die nun außerhalb ihres Elements zitternd, frierend zurückbleiben, bis der Sand sie aufsaugt. So ein Meeresschaum bin ich auch, aus meinem Element gerissen, und der Sand saugt mich auf – heut – morgen. – Was ist denn noch von mir übrig? Aber ich bebe noch und friere.

*

Heute in lichtloser Dämmerstunde wehte ein kalter Wind. Am Himmel dicht geballte Wolken. Grünlich nächtig das Meer. Öde und nass der Strand. Die weite Farblosigkeit nur von dem weißen Schaum erhellt. Ich fühlte die Kälte bis in's Mark. Und doch stand ich wie gebannt. Und als ich später mein warmes, freundliches Zimmer betrat, kam ich mir wie versprengt vom Weltall vor, es zog mich zurück zu dem lichtlosen Strand, hinaus in das Unabsehbare, das Riesenhafte. Und vor dieser grandiosen Lieblosigkeit, in dieser menschenfernen Weltallsstimmung verlor ich das Gefühl meiner Persönlichkeit und floss fort mit den wallenden Wogen in's Unermessliche hinaus.

Ich habe oft das unheimliche Gefühl, dass ich nicht mehr weiß, ob ich bin und wer ich bin.

Dann spreche ich wohl ein Dutzend Mal den Namen Agnes Schmidt vor mich hin, aus Angst ich könnte ihn vergessen. Aber ich will ihn ja vergessen. Ich und Agnes Schmidt? Was haben wir gemein?

*

Ich suche gern eine schmale, von hohen Dünen eingefasste Stelle des Strandes auf, wo nichts ist als das Meer, das graue Meer mit den weißen Schaumkronen. Wenn ein starker Wind weht und der fliegende Sand wie etwas Lebendiges in unheimlicher Eile den Strand entlang huscht, und die graugrünen Gräser auf den Dünen zitternd ineinanderfahren, so fühle ich mich eingehüllt von der großen schwermütigen Einsamkeit wie in ein Büßergewand.

Ich bin ja auch eine Büßende. Wessen Schuld büße ich?

Wirr stürzen in mir die Gedanken über- und durcheinander. Ein Chaos, aus dem es blitzt und grollt. Bald taucht ein himmlisches Licht auf, bald sehe ich durch einen Spalt die Hölle gähnen.

Oft, wenn die Flammenstreifen am Himmel sich in dämmernd metallischen Funkeln im Wasser reflektieren, und ich halbschlummernd am Meer liege, dann weiß ich nicht, ob ich träume oder ob ich Visionen habe.

Heut war mir's, als ob ich in der Luft auf einer Strahlenbrücke stünde. Ein Zug von Genien, mit Rosen bekränzt, schwebte mir entgegen, unter süßem Gesang Blumen streuend. Ich strecke die Hand aus nach den Blumen. Da braust aus dunklem Gewölk jäh eine wilde Jagd heran. Eisigen Atem hauchen die Dämonen, und der Atem wird Sturm. Und er übertäubt den Gesang, und Blumen und Genien wirbelt er fort. Und mich auch.

Ich stürze hinab, und ich liege am Strande mit einer Wunde in der Brust. Der Sand trinkt mein Blut, und lange, rötliche Gräser wachsen hervor, scharf wie Schwerter. Und die Dämonen sind Furien geworden und bedrohen mich – Was wollt Ihr – Ihr von mir?

Ein Totes rächen? ein Getötetes? eine Seele? Aber ich bin ja das Opfer! das Opfer bin ich. Unglück ist nicht Schuld.

Der letzte Schimmer der untergegangenen Sonne erlosch. Die Vision entschwand. Geister will ich schauen! Geister! und ich sehe nur Gespenster. Oder bin ich selbst – – ein Gespenst, das Gespenster sieht! Tollkomische Vorstellung!

*

Sturm! Sturm auf dem Meer! die entfesselte Wildheit tut mir wohl. Schwarze Wolken jagen über den Horizont. Plötzlich bricht eine furchtsame, blasse Sonne hervor, aber schon jagen neue Wolken hinter ihr her und löschen das zarte Licht. Die paar Bäume am Strand krümmen sich winselnd, wie Lebendiges, das gepeitscht wird. Mehr! Mehr! Ich liebe diese Posaunenklänge der Luft, das heulende Zischen, das schauerliche Aufjauchzen. Riesenseufzer, als wollten sie die Brust der Natur sprengen. In dieser dithyrambischen Wollust ist zugleich höchste Bejahung und Verneinung des Lebens. Wahnsinn und Begeisterung ist im Sturm, etwas das hinaus will aus dem engen Kreis unseres kleinen Planeten. Ja – hinaus! hinauf!

Im Sturm am Meer ist es mir offenbar geworden. Jetzt weiß ich's. Ich weiß es bestimmt, hinaus in alle Winde ruf' ich's: Seelenmord! Wer tat's? Niemand. Alle. Meine Eltern? Mein Mann? Nein. Sie sind unschuldig. dass ich hundert Jahre zu früh geboren wurde, das ist's. Wenn meine Zeit kommen wird, dann bin ich tot, vermodert, lange schon. Zur rechten Zeit geboren werden und im richtigen Lande, davon hängt alles ab. dass ich in Berlin geboren wurde, damit fing mein Unglück an. In Süditalien oder in Indien, wo Palmen rauschen und die Sonne ist, die nicht untergeht, da hätte meine Heimat sein müssen.

Was hätte aus mir werden müssen? Malerin etwa? Ja, durstig, mit Inbrunst hängen meine Augen an dem Antlitz der Natur. Ich verstehe ihre sanfte und ihre wilde Sprache. Aber ich kann ja den Pinsel nicht führen.

Oder Schriftstellerin? Ich schaue, ahne, denke. Ich möchte schöpfen, schöpfen aus der Tiefe meiner Brust, da rinnt ein Quell, aber ich habe kein Gefäß zum Schöpfen und die lebendigen Wasser verrinnen, verrinnen, und mein Herzblut mit. Ich kann weinen, bitterlich aber ich kann die Tränen nicht schildern. Was ich empfinde, wild ist's wie das Meer, rauschend, unermesslich, tödlich. Ich kann es nicht sagen. Raphael, sagt Lessing, wäre, auch ohne Hände geboren, der größte Maler geworden. Mag sein. Aber er hätte mit Selbstmord oder Wahnsinn geendet. Ich stoße zuweilen einen lauten Schrei aus, ein „Wehe", als gehörte ich zum Chor einer griechischen Tragödie, aber nur wenn das Meer laut aufbrüllt, so dass Niemand ihn hört, auch ich selbst nicht. Es ist so lächerlich. Ich bin ja nur eine alte Witwe! Das weise Kind!

*

In tiefer, tiefer Not bin ich! Zu wem rufe ich? Gebet? Ja, ich möchte das Kreuz umklammern, irgend ein heiliges Symbol. Ach, ich bin nicht geboren, um zu glauben. Der Himmel ist mir zu niedrig, der Glaube zu kinderhaft, zu selbstsüchtig.

Höher, höher hinauf wächst mein maßloses Sehnen, Welten zu, wo kein morscher Leib die flammende Seele einsargt. Immer müssen! leben müssen! sterben müssen! so gerade denken müssen! Freiheit will ich! Körperlose, schrankenlose!

Warum musste ich leben, wie ich gelebt habt? weil ich ein Weib bin und weil auf uralten erzenen Gesetztafeln geschrieben steht, wie das Weib leben soll? Aber die Schrift ist falsch, falsch ist sie!

Warum hat Niemand die falsch Schrift gelöscht?

Weil man Buchstaben von Erz nicht löschen kann?

So zerschmettere man die Tafeln, wie Moses auf dem Sinai tat. Man zerschmettere sie!

*

Ich hatte wieder eine Vision.

Ich sah einen langen Zug von Schwänen über das Wasser gleiten. Ihr weißes Gefieder glühte in rosigem Abendlicht. Und die Schwäne sangen ihr Schwanenlied, so todestraurig, so herzzerfließend, dass von ihrem Singen sich's unten auf dem Grund des Meeres rührte. All die zarten, bunten Seesterne und die silberschimmernden Fische sah ich unter der Oberfläche des Wassers durcheinander gleiten, und mitten unter ihnen tauchte ein Kopf auf, der Kopf einer Toten, einer Ertrunkenen.

Grauenhaft. Schilf in dem weißen, triefenden Haar, in den leeren Augenhöhlen phosphoreszierendes Licht.

Und schaudernd sah ich, der Kopf – mein Kopf. Aber nein, das war ja der Kopf, der auf der Bildsäule in dem verwitterten Gärtchen fehlte. Auch mein Kopf? Ich halte ihn, ich halte ihn mit beiden Händen, fest, fest.

Und nun wusste ich es mit einem Mal. Ja, lange schon, lange habe ich Selbstmordgedanken.

Das Meer zieht mich hinab. Der nordische Wind hat meine Nerven zu hoch gespannt, gespannt zum Zerreißen. Fort muss ich, dahin, wo milde Lüfte wehen, wo Sonne ist und der Wind an Palmen rührt.

Italien!

*

Acht Tage später.

In Florenz. Hier bleibe ich nicht lange. Kein Ort für mich. Blumen und Gesang und Heiterkeit und Grazie.

Ein Land für die Jugend. Abseits stehe ich da. Und doch, wenn ich zu dem herrlichen Platz von San Michele und der Kirche von San Miniato hinaufsteige – ich tue es fast täglich – und von Sonne und Schönheit durchglüht bin, dann kommt mir zuweilen der Gedanke, als könnte ich doch noch in der Welt einen Platz ausfüllen, vielleicht in einem Kloster Kinder erziehen. Bin ich aber eine Stunde später wieder in meinem Zimmer, so ist das Feuer erloschen. Es war ja nur ein Reflex der Sonne von Florenz. Ich falle kraftlos zusammen.

Ich sah ein Mädchen, das aus einem Marmorbassin Wasser schöpfte. Sie trug eine rote Bluse und einen hellen Rock. Von höchster Anmut war es, wie sie, auf den Fußspitzen stehend, den Oberkörper hintenüber geneigt, den hellen Wasserstrahl in einem kupfernen Gefäß auffing. Das schwarze Haar hing ihr wirr über die Stirn. Die dunklen Augen lachten. Blühendes Leben. Blühender Leib. Woran erinnerte mich nur das Mädchen? Ich trat zu ihr heran, unwillkürlich fiel mein Blick auf den Wasserspiegel, und ich sah ihr Bild neben dem meinen. Still schlich ich von dannen.

Ich weiß nicht, wieso ich mit einem Mal an meinen sechzehnten Geburtstag zurückdenken musste. Ich trug an dem Tage ein weißes Kleid und im Haar eine Georgine.

Eduard wollte kommen. Ich war vor den Spiegel getreten, aber nur um die Blume zu befestigen, an mein Aussehen dachte ich nicht. Und nun, nach vierzig Jahren tauchte dieses Spiegelbild aus meinem Gedächtnis auf, ein Gesicht mit strahlenden, dunklen Augen, einer schweren, schwarzen Flechte und blühend rosigen Farben. Ja, jenem Mädchen vom Bassin war ich ähnlich gewesen. Eine bittere Wehmut feuchtete mir die Augen, weil ich nicht gewusst habe, dass ich schön und jung war.

*

Ich wollte gleich wieder fort von Florenz, und nun kann ich mich nicht losreißen. Der herrliche Garten des Palazzo Pitti, der Boboli-Garten hat es mir angetan.

Und dieser Palast, Jahrhunderte steht er wie ein Fels in der Brandung der Zeit, und seit Jahrhunderten rauscht der Wind durch seine immergrünen Eichen.

Stein und Baum, ich beneide sie.

Sein! Sein! nur nicht Nichtsein!

Dass ich so viel Wesens um mich mache! Was liegt an dem Einzelnen!

Aber die Gattung vergeht doch so gut wie der Einzelne es dauert nur etwas länger. Die Erde wird erkalten, und nie mehr werden Menschen auf ihr wandeln. Welcher Zeitraum ist der Rede wert, wenn man ihn an Ewigkeiten misst!

So habe ich Recht, um mich zu weinen, dass ich nun zu spät erwacht bin, da es zur Neige geht. Das Unrecht, das man mir getan, man hat es Allen getan. Was in mir erlöst sein will, zugleich will es Andere erlösen. Hindert Ihr den Baum am Wachstum, Ihr tötet auch die Früchte, Ihr tötet die Schatten, die Andere erquickt hätten.

Oft zähle ich in rasender Angst die Minuten. Wie wenige bleiben mir noch! Dann stirbt Agnes Schmidt. Aber ich? ich auch?

*

Ein vegetierendes Naturdasein ohne Intelligenz, ob das nicht wirklich das beste Glück ist? Ein Bursche ist in dem Hause, wo ich wohne, kaum achtzehn Jahre alt. Er sitzt so den ganzen Tag draußen auf den Stufen der Treppe und singt, singt wie ein Vogel in den Zweigen, immer dasselbe, dieselbe Melodie, bald in trauriger, bald in lustiger Weise.

Ich sehe ihn nie betrübt oder verstimmt, immer nur mit dem Ausdruck glücklicher Heiterkeit. Und der Grund? Ein paar Gran weniger Gehirn als andere Menschen.

Ist nicht in der Tat der Wahnsinn viel mehr ein Stück lauterer Natur als unser abgerichteter Verstand? Der Wahnsinn lässt Eindrücke und Vorstellungen auf sich wirken, wie die Sonne auf die Pflanze wirkt, wie der Sturm auf das Meer, ohne Kritik, ohne Abwehr.

*

Ich bin gern auf Kirchhöfen. Unsere Gedanken ähneln da den Gedanken, die wir haben, wenn wir krank sind. Alles Richtige schwindet. Wir werden hellsichtig. Ich liebe es, auf das zu horchen, was die Toten reden.

Auf dem Kirchhof von San Miniato aber, da bleiben sie stumm unter ihren hässlichen Gräbern, Gräbern, die an Rumpelkammern erinnern. Kleine, rohe Gitter mit Metallringen für Blumentöpfe schließen die Grabstätten ein. In den Blumentöpfen dürftige, verstaubte künstliche Blumen, schwarze oder weiße. An den Gittern hängen Kränze, oder sie liegen auf den Gräbern, Kränze von hässlichen Perlen oder Strohblumen. Kleine, törichte Sächelchen stehen umher, Väschen, Laternen, allerhand kindischer Trödel. Und all das angesichts der herrlichen Apenninenkette, unter dem weiten Horizont, der Abend für Abend in purpurnem Violett eine feierliche Glorie niederstrahlt, angesichts der edel schönen Kirche mit den dunklen Zypressen.

Wie einfach und natürlich wäre es, nur ein grüner Hügel, auf den die Sonne von Florenz scheint. Auf den Hügel, ja. Aber nicht bis zu den Toten käme sie.

Wir suchen doch im Leben immer die Höhe. Und nun – da unten – so tief unten. Kommt Gott zu uns herab? wir müssen doch zu ihm hinauf!

Ich will nicht begraben sein. Verbrannt. In Flammen!

Sie werden mich ja doch nicht verbrennen. Ich will auf meinem Grabe keine Blumen, keinen Stein, keinen Baum – nichts. Es ist so eine kindisch abergläubische Regung, als würden die Gestorbenen wissen, dass man die Blumen auf ihrem Hügel verwelken lässt, dass man ihnen am Sterbetag keinen Kranz bringt. Wir meinen, dass wir noch nicht völlig tot sind, so lange noch ein Lebender unserer denkt.

*

Der Boboli-Garten – vielleicht der schönste Garten der Erde – ist ganz aus grünen Mauern gebildet. Lorbeerbäume, Zypressen, immergrüne Eichen. Auf einem hügeligen Terrain steht er. Man steigt darin auf und ab. Weltabgeschieden wandelt man zwischen diesen luftigen, Wohlgeruch ausströmenden Mauern, den tiefblauen Himmel über sich. Hier und da münden sie auf einen freien Platz, von dem man hinübersieht in die Berge, hinab in das Häusermeer der Stadt. Im Schoß der Berge Dörfer und Städte; einzelne Gehöfte bis hoch in die Berge hinauf. Im Abendlicht erglänzen sie wie funkelnde Edelsteine auf flammendem Schleier.

Das Atmen hier ist eine Lust. Der Herbstduft der Bäume vermischt sich mit dem frischen Atem, der vom Gebirge kommt.

Eigenartig in dem Garten ist auch das Ineinander von Kunst und Natur. Überall Bildwerke, meist von Marmor, einige von Sandstein.

Sie stehen in Nischen und auf freien Plätzen, sie tauchen empor aus Wasserspiegeln, sie winken und locken aus grünen Verstecken, sie heben sich frei vom Äther der Luft ab.

Von einem der Plateaus abwärts zu einem Wasserspiegel, aus dem die Göttergestalt des Neptun ragt, führt eine breite, stolze Allee hochragender immergrüner Bäume. Die Bäume stehen da wie Pfeiler. Bildsäulen lehnen daran, Götter und Göttinnen, freudig und bewegt, in lieblicher Erhabenheit. Eine Allee, als führe sie zum Parnass oder zu einem Gefilde der Seligen.

Gegen den Ausgang dieser Götterstraße zweigen sich von beiden Seiten Alleen ab, wie ich ähnliche nie gesehen; breite, aber niedrige grüne Bogengänge, die Wipfel der immergrünen Eichen engverschlungen, so dicht, dass nur golden dämmernd die Sonnenstrahlen hineinhuschen. Das grüne Dach eine Wölbung von reinster architektonischer Form, die Stämme, die es tragen, phantastische Säulen. Tempelhallen, Loggien Gottes.

An dem einen Ende dieser Tempelhallen ruht in einem Siegeswagen eine marmorne Göttin. Ihr schimmernd weißer Leib lockt. Ich ging, wohin sie lockte, und kam zu einer der schönsten Stelle des Parkes, zu einer ziemlich steil abfallenden Allee.

Da sitze ich nun träumend oft stundenlang, von Lorbeerwänden eingeschlossen. Am Fuß der Allee ein Rasenplatz mit einem Rest alten Gemäuers. Jenseits des Rasens erhebt sich das Terrain wieder sanft mit Gruppen von Laubbäumen im Herbstschmuck, von sinnverwirrender Schönheit.

Das dunkle, herbe Grün der Eichen und Lorbeerbäume erscheint nur als Folie dieser traumhaften, unaussprechlichen Farbenzärtlichkeit. Lauterste Goldtöne, die in's Grünliche, Gelbliche und Rötliche bis in's flammende Rot spielen und allmählich sanft ineinanderfließen. Ein Farbenbild, das aus Licht, Liebe, Duft und Traum gewoben scheint, ein Bild von zartester und bezauberndster Genialität, von kosendem, sphärenhaftem Liebreiz. Ein Regenbogen, der sich einmal darüber spannte, erschien hart daneben. Lautlose Stille. Nur ab und zu ein leiser Windhauch, als käme er aus geheimnisvoller Höhe und brächte selige Botschaft. Selbst das Läuten der Glocken von unten erscheint zu profan für den olympischen Charakter des Gartens.

Ich hörte einmal, wie Jemand im Park sagte: „Nichts als Bäume, das ist doch kein Garten, das ist ein verschnittener, missglückter Wald. Wo bleiben die Blumen?"

Das ist wahr, der Bobili-Garten hat keine Blumen. Und das ist seine Eigentümlichkeit. Nur Baum und Stein. Er braucht auch keine Blumen, er darf keine Blumen haben. Sie gehören nicht hinein. Blumen sind ein Bild der Vergänglichkeit, sie welken über Nacht, wie die Menschen auch. Darum passen auch Menschen nicht in diesen Garten, der etwas Unvergängliches hat, wie für die Ewigkeit geschaffen. Vor Jahrhunderten war er gerade wie jetzt, und nach hundert Jahren wird er noch immer so sein: ernst, groß, klassisch, einsam.

*

Heute schreibe ich im Garten selbst. Die Rosenglut des Himmels zittert auf dem Wasserspiegel des Teiches, und Neptun und all' die andern Göttergestalten blühen aus dem rosigen Äther hervor. Hier begreife ich, dass die Schönheit an und für sich ein Gegenstand der Anbetung sein kann, und dass jene Barbaren, die zur Sonne beteten, Recht hatten.

Unter Zypressen klagen wir anders, als unter blühenden Linden. Keine Seufzer. Kein Schrei wie am Meer. Die dunkle Zypresse weist zum Himmel. Der Schmerz wird weihevolle Traurigkeit, er wird Gebet. Ein stilles Sichverlieren wie ein Glockenton in die Luft.

In einem der kleinen Häuschen auf dem Wege von San Michele will ich wohnen, für immer. Da will ich eingehen zum Frieden.

Ich habe eine lange Weile stillgesessen.

Vor der geklärten Schönheit hier erfasst mich ein Staunen, ein schwermütiges Staunen darüber, dass die Menschen meinen, sie wären das Vornehmste alles Geschaffenen.

Wie? im Weltall ist ein winzig kleiner Stern, die Erde, eine Almosenempfängerin. Ihr Licht und ihre Wärme empfängt sie von andern Planeten. Und auf diesem Stern ein mikroskopisch kleines Wesen: der Mensch.

Und in der Unermesslichkeit des Universums mit seinen unzählbaren Sonnen und Planeten gerade dieses Geschöpfchen dasjenige, wohin alles Übrige zielt? Dies die Krone der Schöpfung?

Unwahrscheinlich.

Verschwände die Erde und mit ihr der Mensch aus dem Weltkreis, vielleicht würde das All nicht tiefer davon berührt, als die Erde etwa von einem Erdbeben auf Sizilien.

Erlischt aber die Sonne, so stürzen tote Sterne in ewige Nacht.

Und wir hilflose Kreaturen, mit Augen, die weinen, mit Herzen, die brechen, mit Krankheit und Qual, wir, die wir einst nicht waren, und einst nicht sein werden, wir – das Höchste?

Ich kann's nicht glauben.

Welten muss es geben, wo keine Augen weinen, keine Herzen brechen. Wesen muss es geben ohne Jammer und Not, Wesen, die nicht Staub sind, und die in sonniger Seligkeit ewig sind. Eine Seligkeit, wie wir sie in ekstatischen Momenten mit schauderndem Entzücken vorahnen.

Was grüble ich nur darüber? Die Sterne sind so fern, so fern.

Doch auf der Erde ist der Mensch der Gipfel der Schöpfung.

Wirklich? ist er es?

Er ist mehr als all das Tausendschöne, das Wunderholde um mich her?

Die Farbenglorie da oben, ist sie nicht ein Gedicht, groß und schön, wie kein Dichter es dichten kann?

Was wir fühlen, und wäre es jauchzende Lust, ist sie jauchzender als hier all das Strahlen und Blühen und Duften?

Während ich so dachte, fing ein Vögelchen an zu singen. Ich weiß nicht, was für ein Vogel es war. Aber die Töne durchdrangen mich und rissen mir das Herz empor. Und der Vogel, glaubt man, hat, wenn er singt, nicht Gefühl und nicht Intelligenz. Seine Kehle nur ein Instrument. Wer spielt es? Gott? wer ist Gott?

Die Schwingungen des Äthers, das Rauschen der Bäume, des Meeres, das Flüstern der Gräser, die Donner der Luft nur ein mechanischen In- und Aneinanderklingen? nicht doch vielleicht eine Sprache, eine beseelte? und wir verständen sie nur nicht? ist sie nicht mit der Musik verwandt? auch die ist wortlos und kann doch so tödlich süß sein, so hinreißend beredt, und sie kann uns erschüttern bis zur Vernichtung.

Die menschliche Kreatur ist von allen Naturgebilden am lieblosesten organisiert. Selbst das erhabenste Denken hängt von einem paar Gehirnfasern ab. Ein Faserchen reißt. Der Denker ist ein Idiot.

Zerreißen aber wilde Erschütterungen das Herz der Erde, durchrasen Orkane die Lüfte, die Natur bleibt dieselbe. Sie heilt die Wunden, die sie schlägt, und blüht fort und fort, unzerstörbar! unzerstörbar!

Aber im Hirn des Menschen entspringen die großen, weltbewegenden Ideen?

Tun sie das?

Oder empfängt sie etwa nur das Hirn in geheimnisvoller Befruchtung? und das Zeugende – nicht vielleicht mit Übersinn geschwängerte Ätherwellen, Geisterflüsterungen, jenseitige Botschaften? – Von wem? von Gott? Wer ist Gott?

Ohnmächtig sind wir. Sterne reißen sich los, immense Welten, und schweifen als Kometen durch das All. Feuer bricht aus dem Schoß der Berge, Wasser aus dem Urgrund der Erde. Berge türmen sich auf Berge. Urkräfte! Riesenkräfte!

Und ich, ich ließ mich festhalten von Fesseln, dünn wie Spinnweben, in der Vorstellung, dass sie unzerreißbar wären. Eine Gefangene – in einer Berliner – Hinterstube. Ich musste lachen bei dieser Vorstellung! laut auflachen!

Manchmal bin ich böse, dass ich so nüchtern gesund bin. Nur krankhafte Menschen sind hellsehend, fernsehend. Weil das Gefängnis der Seele, der Leib durchschimmernd geworden? die Fessel loser?

Wäre ich hellsehend!

Wenn ich etwas tief und geheimnisvoll Quellendes in mir fühle, warum werde ich mir dessen nicht klar bewusst, warum kann es nicht an's Licht?

Ich weiß, ich weiß es, es ist etwas in mir, das mehr ist als ich, etwas, das den Zusammenhang mit der Weltseele sucht. Zusammenhang mit dem flimmernd goldenen Duft da oben, Zusammenhang mit den Göttern da im rosigen Äther, Zusammenhang mit – – –

Ach, es ist ja nicht wahr – Lüge, was ich da so vage zusammenphantasiert habe. Ich belüge mich selbst. Ich dränge nur so in's Weite, Große, weil ich mich vor der Enge der vier Sargbretter fürchte. Ich klammere mich an das Universum wie an einen Notanker. Es ist nicht wahr, dass ich mich still verlieren möchte, wie ein Glockenton in die Luft, nicht wahr, dass ich in Florenz bleiben will in einem Häuschen auf dem Weg nach San Michele. Ich kehre nie hierher zurück. Ich will ja weiter – weiter – immer weiter! bis ich – die Weltseele – – – auch eine Phrase? vielleicht. Wir wissen ja nichts! Nur Funken! sie verglimmen – Asche!

*

Seit acht Tagen in Capri. Ich atme nur Duft. So voll Güte ist die Natur. Ihre zärtliche Luft liebkost die faltige Wange wie die rosige.

Von wildschöner Poesie diese Trümmer mit der üppig wuchernden Vegetation. Eine entzückend liebliche Arbeit der Natur an dem Morschen, Verfallenen.

Romantische, traumhaft verzauberte Plätze gibt's in Capri, wo nichts die Einsamkeit unterbricht als das leise Wehen des Windes in den blühenden Gesträuchen; so still ist's, dass oft der plötzliche Flug eines Vogels mich erschreckt. Unsagbar, unsagbar das süße Pathos dieser leise tönenden Einsamkeit. Wohin ich mich wende, ich bin allein in einem Urwald wilder Blumen. Kein Stein, aus dem nicht Kräuter oder Blumen sprießen. Und vor mir, neben mir, überall das Meer, das blaue, ein zerfließendes Juwel an der Brust dieser Landschaft von lieblichster Wildheit, von zarter Grandiosität.

In der Ruhe erscheint das Meer schöner als der blassere Himmel. Das sanft Hinfließende des bläulichen Silbers ist von singendem Rhythmus wie die Verse Homers.

Selbst der Sturm ist hier lieblich. Die blauen Wellen mit den silbernen Köpfchen toben nur wie berauschte Nereiden. Ihr klagendes Grollen sind langgezogene Flötentöne. Sagenhaft rauschen sie an den Felsen auf. Nur die Seefalken schießen im Sturm über das tiefe Ultramarin des Wassers wie Verkündiger düster geheimnisvoller Botschaft. Ein Klingen, Sprechen, Klagen über den Wassern, als lägen in seiner Tiefe die Welträtsel.

Und dass man hier frei ist, frei wie der Vogel in der Luft! Kein abgesperrter Weg, keine Bank, kein Wächter, kein Anschlag, keine Warnung für das Publikum. Man schläft Nachts bei offenen Türen. Verbrecher und Diebe gibt's auf dieser seligen Insel nicht. Wildwüchsig Alles, zaubermärchenhaft.

Neptun selbst scheint auf seinen Götterarmen diese Insel aus der Tiefe emporgetragen zu haben.

Ist es Göttliches auch, das meine Seele hier emporträgt?

Einmal, als ich noch klein war, sah ich in einem Berliner Schaufenster eine südliche Landschaft mit verwitterten Säulen, mit Zypressen und Palmen, und seitdem, wenn ich in die Stadt ging, machte ich immer einen Umweg, um zu dem Bilde zu kommen. So unwiderstehlich lockte es mich.

Ist das nicht unerklärlich? Oder erklärt es sich so, dass – –

Es kommt vor, dass Menschen, die ganz jung in fremde Länder ausgewandert sind, allmählich ihre Muttersprache vergessen. Und nach einem halben Jahrhundert vielleicht, wenn sie im Fieber oder im Sterben sind, finden sie sie wieder, die Sprache ihrer Heimat.

Bin ich auch im Fieber oder im Sterben, und finde ich sie hier wieder, meine Heimat? War ich nur verschlagen nach Berlin in die Philipp- und in die Steglitzerstraße? Was sollte ich denn da? Agnes Schmidt! ja – aber ich?

*

Ich gehe auch gern durch die Gassen und Gässchen von Capri. Von fremdartigem Reiz sind sie.

Jedes Häuschen hat seine Veranda und seine Pergola, die säulengeschmückte, und um die Säulen hängt die Rebe, die sich gar lieblich von der weißlichen Mauer abhebt. Wunderlich verzauberte Treppen. Sie führen nach oben in die leere Luft, sie führen hinunter in Höhlen, sie kreuzen, sie verschlingen sich, man sieht nicht, woher sie kommen, wohin sie gehen. Märchenhafte Winkel in den schmalen Gassen, ein schwärzliches Stück Mauer, davor ein Zitronenbaum, dahinter das Meer. Und Blumen! Blumen! Blumen in Scherben, Blumen in dunklen Gefäßen. Sie wachsen aus den Mauern in tollem Geschlinge, sie klettern an schimmligem Gestein empor.

Eine Straße aber gibt's, die nur ein langer, schmaler, überwölbter, steinerner Gang ist, so schmal, dass kaum zwei Menschen nebeneinander gehen können. Und dunkel ist's darin und übelriechend. Unrat in allen Ecken. Und auf diese Gänge öffnen sich Zimmer, auch Läden, in denen Esswaren feilgeboten werden. Treppen führen empor auf Veranden oder zu Wohnräumen. Diese Mauergänge haben wie die Tunnels ab und zu Öffnungen, durch die das Meer blaut und köstliche Seebrise dringt. Und in diesen Höhlen leben Menschen, zufriedene, glückliche, lustige Menschen, und sie sehen den ungeheuren Kontrast nicht zwischen ihrer ästhetischen Misere und der poesietrunkenen Pracht da draußen.

Warum wundere ich mich darüber? Ich blieb ja auch zeitlebens in geistiger Misere, und ganz in meine Nähe waren Bibliotheken voller Geistesschätze.

Ein halb verwitterter Balkon in dieser düster steinernen Gasse ist ganz mit Sonnenblumen geschmückt. Zwischen den Blumen sehe ich oft ein rosiges Gesichtchen auf den Steingang hinausspähen.

In einem offenen Hausflur näht ein blasses Mädchen an einem Kleid für die Jungfrau Maria. Die nackte, bemalte Holzfigur mit dem Kind im Arm steht vor ihr. Und Mutter und Kind tragen Kronen. Das blasse Mädchen aber hustet unaufhörlich. Und nicht die Himmelskönigin und nicht das Jesukind können ihr helfen, und tragen doch Kronen. Aber sie helfen ihr doch in anderer Weise – durch den Glauben. Das kranke Mädchen wird in der freudigen Hoffnung sterben, jenseits zur Rechten der Mutter Gottes zu sitzen, weil sie ihr doch das schöne Kleid genäht hat.

Die Holzfigur in ihrer Nacktheit ist kein Gegenstand für ihre Anbetung. Die Kleider muss sie tragen, die sie selbst ihr genäht. Dann erst ist sie die richtige Himmelskönigin.

An den Kleidern für meinen Himmelskönig habe ich auch genäht und genäht. Und nun suche ich den Gott dazu, suche ihn – –

*

Oft wandle ich zwischen den Ruinen des Tiberius umher. An einer Stelle scheinen die Trümmer ein Garten steinerner Grabhügel, darauf Riesensträuße gelber Blumen. Gelb? nein Gold. Und nur diese eine Farbe, sinnverwirrend reizend. Blumen, wie von der Sonne empfangen, im Äther geboren. Und überall, ringsum das Meer.

Weiterhin führt ein schmaler Gang zwischen zwei zerbröckelten, niedrigen Mauern. Der Fußboden uraltes, römisches Mosaik. Auf den niedrigen Mauern eine Überfülle wilder Blumen; sie brennen in rosiger Glut, sie flammen in Purpur, durchsummt und durchflattert von Bienen und Schmetterlingen. Die Blütenkelche auf beiden Seiten der Mauern berühren sich oben und bilden ein Dach von Blumen. Nie haben meine Lungen süßeren Duft geatmet, nie meine Augen Liebreizenderes geschaut. Und hier, hier hat Tiberius seine Opfer in's Meer gestürzt.

Ist der Mensch wirklich so viel mehr als das Tier? Auch Tiberius? Er, das Raubtier, das zerfleischte, und die er zerfleischte waren doch auch nur Lämmer, sie ließen sich ja zerfleischen. Ein Rieseneidechs, schillernd in smaragdgrünem Glanz, verfolgte einen Schmetterling. Er rettete sich in den Äther hinauf. Flügel! ja Flügel!

Auch wir werden einst Flügel haben. Ob wirkliche, ob nur mechanisch entwickelte Kräfte gleich Flügeln – wer weiß es!

*

Menschen, schön und ergreifend wie die Insel, gibt es hier. Ich habe den Mann gesehen, den ich hätte lieben müssen, wenn ich ihm in jungen Jahren begegnet wäre; ein Mensch, den die Natur in einer Feierstunde geschaffen hat. Ich sehe ihn täglich. Als er zum ersten Mal über die Schwelle des Hôtel Pagano trat, war er ganz in weißen Flanell gekleidet und trug eine Passionsblume im Knopfloch. Seine Züge sind mild und edel, seine blauen Augen tief, kristallen klar, man glaubt die Gedanken hindurch schimmern zu sehen. Er sitzt mir gegenüber bei Tisch. Er ist wie ein Psalm. Ich höre Harfenklänge, wenn er spricht. Er ist Arzt.

Es fragte ihn Jemand, warum er immer Passionsblumen im Knopfloch trüge.

„Es blühen ja hier davon so viele," antwortete er lächelnd.

Ich weiß es besser. Er trägt sie, weil, wie man sagt, in ihrem Kelch die Marterwerkzeuge Christi versinnbildlicht sind. Er trägt sie als eine Mahnung, eine Art Ordenskreuz, ein Zeichen, dass er zu einer Gemeinde gehört, die still sich bildet. Tolstoi ist einer ihrer Ordensmeister. Er sagt es selbst, sein Ideal ist nicht das des größten lebenden Philosophen: „der Übermensch"; es ist der „Mitmensch". Seine Religion ist Nächstenliebe.

Neulich rühmte Jemand die aufopfernde Sorgfalt, mit der er ein krankes Kind auf Capri pflegt. Er wehrte das Lob ab. Seine Nächstenliebe sei nur ein subtiler Egoismus. „Niemand von uns," sagte er, „wäre im Stande zu essen, aus Scham, während ein Hungriger vor ihm stände". Mache denn das einen Unterschied, ob ein Einzelner vor uns, oder Tausende und aber Tausende hinter uns ständen? Nur weil wir sie nicht sehen? Wir wissen es doch.

Wie hätte ich ihn geliebt. Aber ich habe ihn ja geliebt, ob im Traume, ob im geheimnisvollen inneren Schauen, ich weiß es nicht. Ich habe ihn geliebt als Kind, wenn ich verzückt in den Mond schaute, ich habe ihn geliebt, wenn die Poesien, die ich in der Schule las, mich durchglühten. Ich habe ihn geliebt, später, wenn bei mechanischer Hausarbeit seltsame Schauer durch meine Nerven rieselten. Es ist eine alte Liebe, so alt, wie ich selber bin. Er war mir vorherbestimmt. Und nun gehören wir verschiedenen Generationen an.

*

Wenn wir von Tisch aufgestanden sind, eile ich, so schnell ich kann, auf die einsame Höhe meines Lieblingsfelsens. Unter mir, auf dem Abhang Blumen und balsamische Kräuter, von allen Seiten das silberbläuliche Meer, das in der Sonne erglänzt und sich leise an dem Felsen bricht. In der Ferne die Inseln und Halbinseln des Golfs.

Ich nehme den Hut ab, mein graues Haar weht im Winde. Ich stehe aufrecht, die Hände emporgestreckt, und ob ich Verse spreche, ob ich sie nur empfinde, ob ich sie selbst dichte, ob es die Poesien Anderer sind, ich weiß es oft nicht. Ich pflücke ganze Hände voll wilder Blumen, und auf dem Wege lasse ich sie eine nach der anderen fallen. Er macht täglich denselben Weg, er wird über die Blumen schreiten.

Man erzählt, als ein römischer Held und Kaiser Capri betrat, fing eine verdorrte Eiche wieder an zu grünen. So fängt auch, da er sich zeigt, mein Herz wieder an zu grünen und zu blühen. Wieder? nein, es blüht und grünt zum ersten Mal!

Graues Haar, Falten, Runzeln! bin ich das? Nein, nein. Ich bin in mir, in mir. Ich stecke nur in einer fremden Haut.

Seltsam, dass die Haut unser Schicksal ist.

Wir haben ein glattes Gesicht. Wir lieben einen Menschen. Schön und gut.

Es zeigen sich ein paar Falten in unserem Gesicht. Wir lieben einen Menschen. Bedenklich.

Wir haben viel Falten. Wir lieben einen Menschen. Lächerlich. Verächtlich.

Oder liegt das Sonderbare darin, dass Herz, Geist und Haut nicht gleichmäßig eintrocknen? Sonderbar? nicht vielleicht natürlich? darum weil etwas in uns ist, das nie welkt, nie stirbt, auch im Tode nicht?

Kann ich dafür, dass Schätze der Liebe in meiner Brust ruhen, die nie gehoben wurden, und nun hat die Sonne, die seligste Schönheit, sie an's Licht gebracht. Eine Flut ist über mein Herz gekommen! Nicht die Liebe für den Einen nur, die Liebe für Alle, für Alles, was so flammend beredt so voll Frühlingskraft mich überwältigt.

Ich bin ja ein neuer Mensch. Ich bin jung. Ich habe noch nicht gelebt. Ich muss ja jung sein.

Ich habe die psychische Kraft mich zu verwandeln. Wie jene Medien, von denen ich gelesen, die, wenn sie den Geist eines Verstorbenen zitieren, in geheimnisvoller Suggestion Stimme und Gesichtsausdruck des Toten annehmen, so habe ich meine gestorbene Jugend zitiert. Sie ist da, und meine Lippen lächeln mit dem Lächeln jungen Glücks, in meinen Augen ist das Licht der Jugend. Ich bin wahr und wahrhaftig achtzehn Jahr alt. Bräutlich ist mir. Nach Capri habe ich meine Hochzeitsreise gemacht, dem seligen Eiland, das ganz ein Festgemach ist für die Hochzeit zweier Seelen.

*

Auf meinen einsamen Spaziergängen bin ich in eine Höhle geraten sie heißt Matromania. Wunderbar diese Höhle mit ihren gewaltigen Wölbungen und Steinblöcken. Innen ist sie tempelartig ausgebaut, ein Rest altrömischen Mauerwerks. Einige Stufen sind erkennbar, die zu einer Art Altar führen. Hier soll Tiberius dem Sonnengott einen Knaben geopfert haben. Eine ganz enge Öffnung blickt man hinaus auf das Meer. Herrlich wirkt es von hier.

Und Tiberius sah diesen hinfließenden Strom herzerschütternder Schönheit, und es bändigte ihn nicht, es rührte ihn nicht.

Plötzlich fiel mir ein, wie, wenn hier ein kleiner Stein vom Gewölbe sich loslöste und zermalte mich, oder er fiele vor die Öffnung, und ich müsste qualvoll verhungern!

Ja, auch die Natur kann böse sein, böse und grausam.

Und vielleicht war es das, was den Tiberius so böse, so teuflisch machte. Täglich sah er die verderbnisschwangeren Feuersäulen des Vesuvs emporlodern. Er sah Jahr für Jahr, wie das süße blaue Meer und die herrliche Erde sich auftaten und in wildere Gier Lebendiges verschlangen. Hinter gleisnerischer Pracht, überall, überall sah er den Tod. Und das machte ihn wahnsinnig. Und er spie seine wollüstig tierische Grausamkeit der Natur wie einen Riesenhohn in's Antlitz. „Ich bin stark wie Du!" Und bei seinen wilden Totentänzen weinte er Tränen von Feuer.

Darum nennt man auch den feurigen Wein hier Tränen des Tiberius.

Es war dämmerig geworden. Düster glühende Reflexe der untergegangenen Sonne fielen in das tiefe Dunkel der Höhle, und färbten die leise herabsickernden Tropfen rot, rot wie Blut. Ein Schauer durchlief mich. Meine Hände wurden eiskalt, und ich hatte die Halluzination, als fiele der Stein wirklich.

Ich saß da, zitternd, ohne die Kraft, mich zu rühren. Auf dem Altar glaubte ich eine goldene Schale zu sehen, davor ein Greis mit wallendem weißen Bart. Mit einem Stabe berührte er die Schale, eine weißliche Flamme loderte empor, und aus den Flammen entwickelte sich ein Wirrwar traumartiger Wesen, wild phantastische Fratzen und holde Lichtgestalten in zartfarbigen Schleiern, auf dem wehenden goldenen Haar grüne Kränze. Dann waren es ernste, schöne Frauen, schwarz verhüllt. Und durch all' den bunten Nebel schwirrten feurige Schmetterlinge. Auf den Säulen des Altars saßen Eulen. Halb ein Hexensabbath, halb Feentraum.

Durch den schwarzen Hintergrund der Höhle lief feuriges Zucken, ein jauchzendes Sprühen in allen Farben, blau, rot, grün. Und allmählich entwickelte sich aus dem Sprühen ein Regenbogen, ein strahlender, und er wölbte sich und schwoll, quer durch die Höhle eine Brücke bildend, die in's Freie führte. Und mit einem Male war der Regenbogen eine Schlange, eine glitzernd wunderschöne Riesenschlange, und auf die lebendige Brücke schwangen sich all' die wirren Gestalten und drängten hinaus in's Freie. Und auch ich erklomm die Brücke. Da ringelte sich die Schlange um meinen Leib, und presst mir die Brust zusammen, und die Schlange sprach: „Ich bin ja die Sünde, die Sünde des Tiberius. Ich bin die Brücke, die zur Hölle führt."

Der letzte Sonnenreflex war verglommen. Die Halluzination verschwand. Ich stürzte hinaus aus der Höhle.

Ich meine, man ist verantwortlich für seine Träume und Halluzinationen. Habe ich gefehlt? Womit? Der Mann mit der Passionsblume – ist er es? Ist es, weil ich ihn auch jetzt noch liebe, wenn auch in besonderer Weise? mit einem süßen Frohlocken darüber, dass ich in einem Menschen den Gott gefunden. So lange ich allein bin, weiß ich, dass nichts in mir ist, was das Licht zu scheuen braucht. Sobald ich aber unter Menschen komme, sehe ich mit den Augen der Anderen, denke ich mit den Gedanken der Andern, dann fühle ich mich eines lächerlichen Anachronismus schuldig, und ich schäme mich.

Sinnliche Liebe ist nur wie der Schaum auf einem Getränk. Wenn er verflogen ist, genießt man das Getränk um so reiner. Sinnliches Begehren hat oft mit der eigentlichen geistigen Individualität der Begehrenden nichts zu schaffen, und gemeinsam dabei ist Mann und Weib nur die Erregung des Blutes.

Was für eine dunkle, sonderbare Vorstellung, dass die Liebe zur Erhaltung der menschlichen Gattung da sei, wie die Befriedigung des Hungers zur Erhaltung des Leibes. Die Erregung des Blutes ist wegen der Fortpflanzung da, aber nicht die Liebe, nicht die Liebe.

Ich liebe ihn, nicht wie eine Mutter den Sohn, nicht wie eine Schwester den Bruder, nicht wie die Gattin den Gatten liebt. Freier, reiner ist, was ich empfinde, eine intime, begeisterte Genossenschaft, geboren aus der herztiefen Sehnsucht nach Mehrsein, nach einem Mehrerkennen, Mehrfinden, Weiterschauen. Das zärtliche Ineinanderschmiegen von Stimmungen und Gedanken, ja, auch sie sind eine zarte Wollust, und die Küsse, die nicht auf die Lippen geküsst werden, sondern von Seele zu Seele, auch sie sind eine Ekstase, ein inbrünstiges Erschauern der feinsten Nervendrähte, Funken von der Weltseele abgesprüht.

Was ich da von der Liebe geschrieben habe, ist das nicht öde Phantasterei und völlig unrealistisch? Für Andere vielleicht, nicht für mich.

Die meisten würden das Leben, das ich gelebt habe, durchaus realistisch nennen. Für mich war es nur ein blasses Traumbild. Das Alltagsleben, das sich so mechanisch abspielt, was wir essen, trinken und so daherreden, die physische Liebe, das alles erscheint mir schattenhaft, unwirklich. Unleugbar, unser Körper ist realistisch. Aber nur unser Körper?

Man sagt, der Mensch sei halb Tier, halb Engel. Liegt nur auf der Tierseite das Realistische? Und was wir innerlich leben, was wir in Halbvisionen schauen, was in der Tiefe unserer Brust singt und klingt, mit einem Wort, Alles, was auf der Engelseite liegt, das wäre nicht realistisch? Aber es erfüllt mich, es ist mein Schmerz und meine Lust, meine Verzweiflung und mein Entzücken. Und die Liebe, die ich meine, ist ebenso realistisch wie die Umarmung der Leiber.

Und dennoch – dennoch – Ich bin immer in Angst, man könnte hinter das Geheimnis meiner Jugend und meiner Liebe kommen. Er nicht! er nicht! vor Allem er nicht! Neulich kam er an der Stelle vorbei, wo ich saß. Er grüßte, blieb stehen, er wollte mich ansprechen. Ich gab mir ein verfallenes Aussehen und wandte mich ab. Würde er das Doppelwesen in mir verstehen? Und dass es nicht die alte Frau ist, die ihn liebt, sondern das junge Mädchen, das vor 35 Jahren 18 Jahr alt war?

Nein, ich brauche mich nicht zu schämen, die Anderen müssen sich schämen, weil sie nur das verstehen, was alltäglich geschieht, und was auf der Tierseite liegt, und weil sie nicht begreifen, dass es jedem Alter zukommt, das was liebenswert ist, in's Herz zu schließen.

Auch einer alten Frau? Der siebzigjährige Goethe liebte ein junges Mädchen, um ihrer Jugend und ihres Reizes willen; und Mit- und Nachwelt bewunderte darin Goethe'sche Gemütskraft. Empfindet aber eine alte Frau tief und stark für einen Mann, um seiner Seelen-Schönheit willen, so ist sie – erotisch wahnsinnig.

Arme alte Frau, lass dich nicht, da du noch lebst, in's Totenreich schicken. Ich liebe dich, alte Frau. Ich kenne deine geistigen Mühsale. Ich bin selber alt – – alt? wirklich? oder – –

Ich habe in meinen Kinderjahren eine Geschichte von Jean Paul gelesen von einem alten Menschen, der in einer Neujahrsnacht in marternder Reue über sein vergeudetes Leben verzweifelt. Und da erwacht er. Es war nur ein Traum. Er ist jung. Das Leben liegt vor ihm. Wenn ich nun auch bloß träumte, dass ich alt wäre? Und ich erwachte und wäre jung, und – – Ach ja! ach ja! Ich habe ja wieder so oft das Gefühl des Schwebens, des Fliegens wie in den Träumen meiner Kinderjahre.

*

Gestern bin ich wieder zu den Ruinen des Tiberius emporgestiegen. Ich fand Alles in Nebel gehüllt, Himmel und Meer eins. Lichtgrauer, undurchdringlicher Äther, nur ab und zu ein silbriges Glitzern, das gleich wieder verschwand. Die blühenden, farbigen Sträucher unten am Ufer schienen in dem traumhaften Äthermeer zu schwimmen. Säuselndes Tönen über dem Abgrund.

Als allmählich der Nebel wich, erschimmerten die Felsen in mystischem Glanz, in goldigem Grün, dunklem Purpur, welkem Braun. Hier und da ein Sonnenreflex. Schaum spritzte auf. Als ich lange hinuntersah in die quirlenden Wasser, schienen sie Form und Gestalt anzunehmen. Der brandende Schaum wurde zu weißen Leibern, aus den Lichtstrahlen entwickelte sich goldenes Haar. Die Sirenen! Und sie winken und sie locken.

Eine heiße Wehmut machte mich weinen. Zu spät, zu spät begreife ich, wie schön die Welt ist! wie schön!

Nun erglänzt das Meer, nun blüht diese wilde Myrte nur einen kurzen Augenblick für mich, ein Blitz, der in die Finsternis zuckt – dann Nacht.

Weiche, schmerzlichdürstende Melancholie hüllt mich ein, wie die höchste Schönheit sie erregt, die über unser Herz und über unsern Kopf hinauswächst, und die inbrünstig zu umklammern, unser Organismus zu dürftig ist.

Zu schön! zu schön! zu weich und süß und schwelgerisch. Hierher hätte ich nicht kommen sollen. Florenz hatte mir Ruhe und Resignation gegeben, die Nordsee mir Kopf und Nerven gekräftigt. Hier aber ist Alles schmachtend schmeichelnde Liebkosung, nur Blühen und Duften und träumen. Die Insel der Sirenen!

Was war das? Er hat mir einen Myrtenstrauß zugeworfen. Ich sah ihn wohl. Also doch ein Traum, dass ich alt bin? –

Ich habe mir aus der Myrte einen Kranz gewunden, und den Kranz habe ich mir auf's Haupt gesetzt. Er war hinter mir fortgegangen. Und doch sah ich ihn, als ginge er vor mir her, und je weiter er sich entfernte, ich sah ihn immer gleich nah.

Ich sah ihn in die kleinen Mauergänge einbiegen, die zum Hotel führen. Eine junge Capresin kam ihm entgegen. Wie schön und anmutig sie war. Er blieb stehen – er – – Ich griff nach dem Myrtenkranz. Er fiel zu Boden. Nun war er mir entschwunden.

Beim Nachhausegehen fürchtete ich mich vor dem Wasserspiegel, vor meinem Bild darin. Ich wollte die Illusion nicht verlieren.

Die Illusion?

Aber er warf mir doch die Myrte in den Schoß!

O du liebster Mensch! Du Bester, du weißt's! Du weißt's!

Erwecke mich! erwecke mich!

*

Der Geist des Tiberius geht um! Er hat gelogen! sein Antlitz lügt! Die Passionsblume, die er trägt, ist eine Lüge. Ich habe sie ihm von der Brust gerissen. Der Duft von Capri, der berauschende, ist Gift. Das blaue Meer – ja – eine Riesenschlange, eine glitzernde, gleißende! Sirenen! Meine Liebe – Irrsinn! Ich will sie ertränken, ertränken im Meer! tief im Meer, bis sie tot ist – tot. Der Geist des Tiber!

*

Ich habe es nicht getan. Wozu soviel Lärm machen. Es ist ja so wie so zu Ende. Ruhe! Ruhe, alte Frau!

Ich war ein paar Tage zu zweien. Nun bin ich wieder allein. Einsamkeit – das Leichentuch der Überflüssigen.

Der Mensch im Sarge, der den Deckel hebt, ein wenig hebt, das ist das Bild unseres ganzen Seins. Der Leib – der Sarg. Das brennende Verlangen, hinaus – hinauf! das ist die Kraft, die heben will, will, und nicht kann.

In Capri wäre ich? Nein, in einer Wüste. Meine Lippen brennen, mein Blut brennt – Durst – Durst!

Ich habe von dem Wein getrunken, von den Tränen des Tiberius habe ich getrunken. Ich bin jammerberauscht – berauscht! Nur Ruhe – Ruhe! Fort von hier! Wohin? Gleichviel. Was habe ich ihm getan? Eisige Schauer – eisige Schauer! Und das Hämmern da im Kopf – dumpf, dumpf und stark. Was soll zerspringen!

Das arme Weib! das arme Weib! Miserables Geschlecht. Du hast nicht daran gedacht, eine alte Frau mit Tränen der Begeisterung im Auge – Sappho aus den Fliegenden Blättern. Eine alte Frau, mit einem Herzen, das klopft, mit einem Hirn, das denkt – Großmutter Psyche. Psyche, sagte er, er weiß also, weiß welcher Art ich bin? Und doch – doch – Auch er! er! so weise, so gütig, so fein! Auch er! Kann er nicht über den Gedankenkreis seines Zeitalters hinaus, wer kann es denn?

Es ist nicht mein Zeitalter, nicht meins! Ich hasse es! hasse es, das elende Zeitalter!

Mein Kopf! mein armer Kopf! am Fuß der Säule, der blutbesprenkelten, liegt er da? oder unter dem Wasser, über das die Schwäne ziehen? Warum haben sie mir das Herz gelassen! das Herz! es muss auch heraus! das zuckende – blutende – –

Warum musste ich leben wie ich – – schrieb ich das nicht schon einmal – und von den ehernen Gesetzestafeln, die – – und von dem Sarg – und – man soll sie zerschmett – zermet – mein Gott – wie schreibt man das Wort? zersch – – wie schreibt man – der Deckel – haltet! haltet! – er – ich – ja – Asche – –

*

Hier endete das Tagebuch. Doktor Behrend fand darin nicht, was er zu finden gehofft hatte: Psychologisches Material für die Entstehung von Geisteskrankheiten. Doch war er von tief menschlicher Rührung ergriffen, als er jetzt an's Bett der Sterbenden trat. Sie saß aufrecht. Ihr Antlitz war schmal wie ein Schatten. Sie trug noch den welken Myrtenkranz. Die spitzen Stengel hatten sich in ihr Haar verwickelt. Man hatte versucht, den Kranz zu entfernen, und sie dabei geritzt. Ein Tropfen Blutes rann ihr über die Stirn. Mechanisch zerpflückte sie die Passionsblume, die auf der Decke lag. Ihre todentzückten Blicke hingen an dem Feuerball der untergehenden Sonne. Als sie jetzt mit einer Stimme, die verhallenden Harfenklängen glich, den Arzt anredete, spielte ein zartes Lächeln um ihre Lippen: „Eine Greisin, die an Geburtswehen stirbt. Ob im Tode mein Ich geboren wird? – ob ich im Jenseits werde, die ich bin?"

Und nach einer Pause hob sie noch einmal zu reden an. Jetzt schien ihre Stimme aus weiter Ferne zu kommen.

– „Ich höre das Schwanenlied, das die Sonne singt. Morgenröte!" Mit dem Ausdruck seligen Lauschens sank ihr Kopf leicht wie ein Hauch in die Kissen zurück. Ohne Alter, ohne Geschlecht war dieses sterbende Antlitz, in dem Tod und Schönheit sich vermählten. Die mächtig glanzvollen Augen, von dunklen Schatten umgeben, schienen durch Himmel und Erde hindurch ewige Zeiten und unendliche Räume zu durchmessen. Sie schienen zu sehen und zu verstehen, was im Diesseits nicht gesehen und verstanden wird. In ihrem Licht war ein Vergehen und Werden, ein Absterben und ein neues Leben, eine unermessliche Traurigkeit und ein begeistertes Schauen voll erhabenen Staunens.

Höher und höher stiegen die Augensterne, bis sie allmählich hinter den breiten Augenlidern verschwanden.

Ein Marmorbild von reiner Schönheit lag sie da im Tode, mit dem Blutstropfen auf der Stirn, auf dem Haupt die dornige Myrte.